Primera vez bisexual

Juegos Sexuales Gay e Historias Explícitas Tabú para
Hombres Maduros

MANUEL GARCÍA

Notas

¡Sígueme!

Haz clic aquí o escanea el código QR para seguirme (¡hay cuatro historias gratis esperándote!)

allmylinks.com/erosandlovegay

Índice

1. Corriendo y escapando

Franco miró a su alrededor esperanzado, luego se ajustó la polla en el pequeño bañador que llevaba y volvió a sumergirse en la lectura de su libro. No es que estuviera allí para batirlo, claro que no, pero se alegraba de que hubiera algún joven apuesto cerca para asegurarse una mirada agradable, de vez en cuando, cuando levantaba los ojos de las páginas del libro.

Pero ese día faltaban los jóvenes guapos, sólo algunos raquíticos con sus novias, o algunos maridos que se habían vuelto aburridos antes de tiempo con sus esposas e hijos a cuestas.

A Franco le encantaba esa pequeña playa del lago. No era muy grande y era bastante difícil llegar a ella: había que dejar el coche en un aparcamiento situado a cierta distancia y luego bajar a pie por un camino bastante empinado. Pero eso era lo bueno: había poca gente y estaba tranquilo. ¿El inconveniente? En su mayoría, los visitantes eran parejas que buscaban un lugar tranquilo donde tomar una limonada decente, o familias ecológicas que buscaban lugares naturales.

Y aquí había mucha naturaleza: las ligeras olas, apenas movidas por alguna lancha lejana, se amortiguaban en un susurro en la fina grava; más allá de la corta playa, Franco tenía ante sí la extensión azul del lago hasta la otra orilla, varios kilómetros más allá; detrás, en cambio, tras una franja de pradera, la escarpada montaña, llena de setos y matorrales, entre los que trepaban varios caminos para perderse quién sabe dónde: lo que se llama un lugar encantador, en definitiva, y afortunadamente todavía bastante virgen.

Franco miró su reloj: eran casi las tres de la tarde, era poco probable que apareciera alguien, al menos alguien interesante. Así que cerró su libro, lo puso debajo de la bolsa que tenía cerca y se puso boca abajo, apoyando la cabeza en los brazos cruzados. También podría asar un poco la espalda.

Cerró los ojos, pensando en algo, pero enseguida el pensamiento se perdió en mil meandros y Franco se adormeció.

Fue un crujido cercano lo que le despertó poco después, o tal vez una llamada más profunda: entrecerró ligeramente los ojos y lo que vio le embotó al instante. Se esforzó por mantener los párpados ligeramente levantados, temiendo que la evidencia de su interés, quizá mal entendido, pudiera molestar a los recién llegados. Sabía por experiencia que, cuando se daban cuenta de que los observaban, los hombres heterosexuales solían reaccionar mal, se sentían molestos e incómodos, casi como si ya no se sintieran a gusto.

Y Franco no quería en absoluto que esto sucediera. De hecho, a pocos metros de él se había detenido una pareja, claramente comprometida: ella era bastante insignificante, como suele ocurrir, pero él era un respetable ejemplar masculino. Con un metro ochenta de estatura, no fue tanto la armoniosidad de su físico lo que atrajo el interés de Franco, también porque el joven seguía completamente vestido, con una camiseta caída y unos pantalones cortos anchos hasta la rodilla, como la extraordinaria belleza de su rostro: una belleza sólida y viril, reafirmada por su pronunciada nariz y ligeramente suavizada por unos labios sensuales y dos ojos brillantes.

Inmediatamente sintió una agitación en todo su cuerpo y, manteniendo los ojos apenas semicerrados, en el límite de la visibilidad, se dispuso a seguir la inminente revelación de las maravillas aún ocultas.

Charlando tranquilamente con la muchacha, el recién llegado colocó unas esteras en el suelo, luego se quitó los zapatos y, enderezándose, se quitó la camisa, que depositó en las ramas de un arbusto cercano, con la evidente intención de secarla. Ante el movimiento que hizo, Franco se dio cuenta, con un escalofrío, de que sus calzoncillos estaban mojados por un gran tramo en la entrepierna y le costó contener un suspiro de deseo: la ropa interior de un chico empapado de sudor tenía para él un atractivo erótico al que apenas podía resistirse. Esperó con toda su alma que se quitara los calzoncillos y se mostrara en calzoncillos... debían de estar pegados a él... con un poco de suerte podría distinguir el contorno de su polla... Quizá, como la playa estaba ahora medio vacía y él estaba "durmiendo", se lo habría quitado todo antes de ponerse el traje de baño... Pero cogió una toalla de baño del suelo, se la puso alrededor de las caderas y luego, de espaldas a él, empezó a retorcerse para quitarse lo que llevaba debajo.

Eso es una mierda, pensó Franco con una pizca de decepción, mientras el joven salía a trompicones de un montón de ropa sin forma, que fue a colocar junto a su camisa.

Moviendo imperceptiblemente la cabeza, Franco pudo ampliar la vista hacia el arbusto, y allí expuso a plena luz del sol un pantalón, visiblemente mojado.

Esta vez le fue más difícil contener un suspiro, tal era la oleada de lujuria que se sentía abrumado.

Cuando por fin consiguió apartar la mirada, se dio cuenta de que el joven se había puesto entretanto el bañador y estaba tumbado en la colchoneta junto a la chica. Afortunadamente, estaba de lado y, al estar en posición de pies a cabeza, Franco tenía toda la comodidad para mirarle, no sólo pudiendo seguir haciéndose el dormido, sino sobre todo desde una visión muy cómoda desde abajo.

Por desgracia, el joven llevaba uno de esos odiosos bóxers de medio muslo con bragas incorporadas, que lo ocultan prácticamente todo; pero éstos al menos eran lo suficientemente anchos y quizá, con un poco de suerte, podría asomarse a la parte interior del muslo.

Los dos novios intercambiaron algunas bromas, luego cerraron los ojos y se tumbaron para disfrutar del sol.

Fingiendo, pues, despertarse en ese momento, Franco se levantó para sentarse, mirando a su alrededor con sueño. Tras una panorámica deliberadamente amplia y lenta, durante la cual su atención fingió ser captada por mil nimiedades, sus ojos se posaron finalmente en su vecino de playa.

Desde esta posición, podía admirarlo muy bien: el pecho sin vello, formado por dos pectorales apenas perceptibles, las piernas delgadas y velludas, la ingle ligeramente prominente...

Era bastante joven, quizá de unos veinte años: terriblemente seductora.

Franco se imaginó bajándose los bóxers, hundiendo la nariz en los rizados pelos del pubis e inconscientemente aspirando profundamente, casi inhalando la feroz fragancia de sexo y sudor que debían de emanar; se imaginó llevándose la suave polla a la boca y...

En ese momento, despertado por algún crujido o quizá por el flujo magnético de aquellos deseos, el joven se despertó y levantó la cabeza, mirando a su alrededor: sus miradas se encontraron, se miraron fijamente durante un rato, y luego el joven volvió a acomodarse y pareció dormirse de nuevo.

Franco se sentó con las rodillas levantadas durante un rato para dar tiempo a su mujer a pensar.

y cuando su polla estuvo lo suficientemente blanda como para no correr el riesgo de salirse de su diminuto traje, volvió a tumbarse perezosamente, cruzando los brazos detrás de la nuca para que su cabeza se elevara lo suficiente como para permitirle continuar con sus miradas lascivas.

Joder, ¡era precioso! Todo le seducía... los pies bien formados, las piernas torneadas, los brazos abandonados a los lados del cuerpo, el pelo ondulado que el sol, ya declinante, parecía llenar de luz.

El joven volvió a abrir los ojos y sus miradas se encontraron, se miraron fijamente durante un rato,

antes de apartar la suya de forma casual, y quizá un poco idiota, para fingir que miraba a otra parte.

Debió de entenderlo, pensó Franco y tuvo un repentino arrebato de vergüenza, volviendo la cabeza hacia otro lado. Pero a quién le importa, se dijo, ¿quién le conoce?, y volvió a dirigirle la mirada, esta vez manteniéndola deliberadamente quieta. Y lo que vio le hizo hervir la sangre en las venas. Dios!... suspiró.

El joven había replegado la pierna, poniéndose de lado, levantando la rodilla como si quisiera ocultarle algo. Mantenía los ojos cerrados, pero su respiración no se calmaba y su mano derecha se movía lentamente, deslizándose sobre su vientre plano hasta llegar a la mitad de la cintura de sus bóxers.

Franco sintió que la cabeza le daba vueltas, su polla se levantó al instante con fuerza y se apretó contra la banda elástica de su zapatilla, apenas contenida en el escaso refugio. Luego se llevó una mano a la ingle, tratando de ocultar su desconcertante erección. Fue entonces cuando captó la mirada penetrante del joven.

Pero a la mierda, se dijo, ¡a quién le importa! Y retiró la mano, dejando ver su vergüenza. Al cabo de un rato, se puso en pie y, sin reparar en el escandaloso espectáculo que podía dar, se dirigió hacia uno de los senderos que subían por la ladera de la montaña. Se movió lentamente, sin tener en cuenta la polla que tiraba de la tela elástica de sus calzoncillos y la imposibilidad de ocultarla; al pasar junto al joven tumbado en el suelo evitó girarse para mirarle y siguió adelante, pero sintió que la mirada del otro le seguía, la sentía como pinchazos en la espalda.

Al principio de la pendiente, el camino giraba más allá de un seto. Franco se detuvo tras el seto y miró detrás de las todavía escasas ramas. ¿Le seguiría? Todavía podía verle desde allí, pero estaba tumbado e inmóvil, sin señales de moverse.

Franco esperó unos cinco minutos sin que ocurriera nada. La decepción comenzó a abrirse paso a través de él, como un cuchillo de hielo que se clavara en su pecho. Empezó a dudar de que se hubiera equivocado: Fore estaba todo menos interesado y sus miradas debían de ser mera curiosidad. Y tal vez ni siquiera era la primera vez que se sentía atraído por un chico guapo como él, ¡con todos los maricas alrededor!

Quién sabe de qué se ríe, consideró con amargura. A estas alturas se le había pasado por completo el impulso y estaba pensando en volver con la intención de recoger sus cosas y salir corriendo, cuando, echando un último vistazo, vio que el joven se había levantado para sentarse.

Su corazón dio un vuelco. Esperó, sintiendo un cosquilleo bajo su piel, y al cabo de un rato le vio agacharse y susurrarle algo a la chica, para luego levantarse y caminar lentamente hacia

el mismo camino.

Franco esperó hasta que el otro estuviera a mitad de camino en la colina, y luego siguió adelante, subiendo de nuevo, pero asegurándose de que era claramente visible para los que subían la colina. Su corazón latía con fuerza. Con manos temblorosas se quitó el traje, quedando desnudo; luego, en cuanto oyó el repiqueteo de los pasos que se acercaban, giró la cabeza para echar una rápida mirada a sus espaldas, comenzó a caminar de nuevo lentamente y se deslizó por un estrecho pasaje entre los arbustos.

Dio unos pasos y se detuvo detrás de un arbusto, lejos de cualquier mirada molesta. El crujido de hojas y ramas le hizo comprender que el otro le había seguido y, de hecho, inmediatamente después una mano le agarró la nalga y empezó a jugar con él con entusiasmo. Franco no se movió, disfrutando de aquel momento y como ofreciéndose a las ya incontenibles ansias del desconocido, cuya pesada respiración no sólo se debía a la fatiga de la subida que acababa de realizar.

A Franco le hubiera gustado darse la vuelta, abrazarlo, disfrutar de su belleza, sentir la cálida suavidad de su piel con las yemas de los dedos, degustar el sabor de sus besos con los labios, embriagarse con el aroma de aquel cuerpo codiciado, pero no se atrevió a moverse, casi temiendo romper un hechizo.

Siguiendo amasando sus nalgas con la mano izquierda, el desconocido se acercó más, poniendo el brazo derecho alrededor de sus caderas y agarrando su polla extendida con un gemido bajo. Franco jadeó al ser manipulado así por delante y por detrás. Los escalofríos que le recorrían empezaron a concentrarse en sus pelotas hirvientes, se dio cuenta de que estaba a punto de iniciar el último viaje fibrilante hacia el orgasmo. Se quejó.

Esto no era lo que había imaginado, esto no era lo que había querido, pero no tenía ni la fuerza ni la lucidez para reaccionar.

Se rindió al placer exacerbado y empezó a balancear la pelvis, como si quisiera participar de alguna manera en lo que el otro le estaba haciendo. Entonces, de repente, el desconocido le hizo girar con un brusco tirón y se dejó caer de rodillas frente a él, abalanzándose sobre su polla con un gemido de insana avidez. Se tragó la polla chorreante y la chupó vorazmente, exprimiendo todos sus jugos.

El orgasmo, que se había detenido por la conmoción de la repentina embestida, comenzó ahora a hincharse de nuevo, respondiendo al vigoroso bombeo, cada vez más imparable; hasta que Franco sintió que todo su cuerpo se encadenaba; sus pelotas se encogían, su polla era ahora un gusano fibrilante...

"Oh, ya voy...", suspiró, agarrando convulsivamente los hombros del desconocido.

Pero él ni siquiera parecía sentirlo: seguía bombeando y tragando frenéticamente, mientras su boca se llenaba a borbotones de chorros calientes y viscosos.

Cuando terminó de eyacular, Franco se relajó con un estremecimiento, aflojando el agarre de los hombros del otro que, después de haberle dado un último tirón a su ahora blanda polla, se puso en pie. Franco alargó la mano para agarrarle la polla, que vio estirada bajo la parte delantera de los bóxers; pero el otro tipo se echó atrás y, en su lugar, le agarró por el brazo, le dio la vuelta y luego, con un empujón en la espalda, le hizo doblarse a noventa grados.

Franco no tuvo tiempo de darse cuenta de lo que ocurría, cuando dos manos frenéticas ya le separaban las nalgas y la punta roma de una polla le presionaba el culo.

"No...", gimió, intentando volver a levantarse, pero la respuesta fue un decisivo golpe de ariete que forzó la resistencia de su contraído esfínter.

El ardor era insoportable. Una vez más intentó escapar de la violencia, pero el otro hombre le sujetó con fuerza por las caderas y siguió empujando. Aquella penetración seca también debió de ser dolorosa para él; de hecho, con un movimiento brusco se apartó, se agachó y empujó dentro de él.

Escupió en el jadeante orificio, y luego volvió a plantar su polla, que esta vez se deslizó durante una buena mitad. Todo había durado menos de unos segundos y Franco ni siquiera tuvo la oportunidad de sentir alivio al encontrar su ano obstruido de nuevo.

Una vez que estuvo en el fondo, el desconocido le dio un par de caricias de asentamiento, y luego, manteniendo un firme agarre en sus caderas, comenzó a cabalgarlo poderosamente, sin darle tiempo siquiera a adaptarse a la voluminosidad de su calibre.

Ciertamente, Franco no era virgen por primera vez: era abierto, al contrario, y estaba acostumbrado a las penetraciones de alto nivel, y en condiciones normales habría sufrido esta cogida por el culo sin pestañear; pero esta vez todo había sucedido de forma tan repentina e inesperada, que no tuvo tiempo de aceptar la idea, de prepararse psicológica y físicamente, hasta el punto de que en ese momento tuvo la sensación de sufrir una auténtica violación.

Pero entonces, sintió que su esfínter cedía poco a poco y se adaptaba al vástago del pistón como una suave vaina, sintió que el deslizamiento se volvía más suave y suelto, y las punzadas de dolor se transformaron gradualmente en escalofríos de placer, hasta que el masaje íntimo al que se sometía le produjo todos los efectos beneficiosos que conocía tan bien.

Entonces empezó a moverse en sintonía con su follador, moviéndose hacia él con la pelvis y presionando con fuerza como si quisiera sentirlo aún más dentro. Y los apagados suspiros de uno se unieron a los del otro en un fondo que acompañaba su mutuo disfrute. Entonces el desconocido empezó a bombear de forma desordenada, su agarre se volvió convulso, su gemido más fogoso.

"¡Carajo, córrete en mi culo! - Franco cacareó - ¡Vamos, lléname de semen!"

Y, casi como respuesta, el otro bajó sobre él estremeciéndose, descargando un chorro interminable de semen en su culo. Las sacudidas de su polla en pleno orgasmo golpeaban su próstata, provocándole oleadas de lánguido calor que se extendían con un escalofrío por su cuerpo.

Instintivamente, echó la mano hacia atrás y agarró al desconocido por las nalgas desnudas, sujetándolo firmemente contra él mientras sentía cómo su esfínter se contraía lánguidamente, como en una especie de orgasmo, alrededor del taladro aún firme que tenía dentro. Entonces se acabó.

El desconocido se echó hacia atrás, sacando la polla de su culo y volviéndola a meter apresuradamente en los bóxers, sin ni siquiera limpiarse de ninguna manera. Franco se dio la vuelta, preguntándose qué decirle; pero el desconocido le miró con ojos llenos de ansiedad.

"Por favor, espera a bajar...", murmuró y fueron las únicas palabras que dijo.

Luego se volvió y desapareció, deslizándose por un estrecho pasaje entre los arbustos. Franco sacudió la cabeza al oír sus pasos alejándose, levantando los guijarros del camino. Luego recogió unos puñados de hierba y se limpió el culo sucio lo mejor que pudo; esperó unos diez minutos y bajó también.

Pero lo primero que notó al acercarse a la playa fue que no había ni rastro del desconocido: ya no estaban él y la chica, ya no estaban las esteras, ya no estaba todo, sólo un espacio vacío de hierba aplastada donde habían estado tumbados, un vacío que sintió crear en su interior y que le produjo una inmediata sensación de decepción, casi de pérdida.

Por supuesto, era mejor así: habría sido difícil lidiar con la vergüenza, después de lo que había pasado, de todos modos....

Fue a lavarse las manos en el agua helada del lago, y luego volvió a tumbarse bajo el último sol. Pero ahora había demasiada tristeza a su alrededor, dentro de él: había desaparecido el encanto del atardecer más allá de las lejanas cumbres de la otra orilla. Así que se levantó, se puso de nuevo la ropa, recogió su

y subió fatigosamente el camino de vuelta al coche.

2. Escenario del crimen

En mi edificio había una historia de crimen. El profesor que vivía en la planta baja fue asesinado por un chico que había llevado a casa. La policía está investigando y eso es lo único de lo que hablan los residentes. Una persona que siempre fue muy amable con todo el mundo, no hablaba de su homosexualidad pero todo el mundo lo sabía, por las idas y venidas de los jóvenes a su casa, que tiene una entrada independiente del jardín del condominio.

Un día fue un poco más allá conmigo, haciéndome saber que estaba interesado en mí, pero que yo no estaba interesada en él, así que le dije que no era así.

Reconozco que tenía su propio encanto. Era un profesor universitario, muy culto, pero definitivamente feo a mis ojos. Sé que yo mismo soy un homosexual (pasivo) y no tengo ningún problema con ello. Para todo el mundo soy un chico bueno y guapo de 23 años que vive con sus padres y estudia en la universidad (una facultad diferente a la del profesor asesinado). Puede que sea un poco bajita, pero estoy bien proporcionada, tanto que parezco más joven.

Vivo mis aventuras en los aseos de la facultad o en los de la biblioteca. Siempre con chicos de mi misma edad o ligeramente mayores, pero mi ideal siempre ha sido un hombre maduro, fuerte, decidido, con pelo, al menos una generación mayor que yo, que sepa someterme sexualmente. Parezco tranquila, pero si me caliento me convierto en una zorra cachonda de la peor clase. Hago mamadas que son obras maestras (según todos los que las han recibido) y me dejo follar como una vaca, disfrutando del placer del macho de turno, que siempre quiere volver a verme para follarme de nuevo.

Soy selectiva a la hora de dar mi cuerpo, pero cuando lo hago soy una auténtica campeona de la putería.

Aquella mañana la señora de la limpieza había descubierto el cadáver y los carabinieri empezaron inmediatamente a interrogar puerta por puerta a todos los inquilinos del edificio. La mayoría de las mañanas estoy en mis clases, y por las tardes estoy en casa estudiando sola porque mis padres trabajan en diferentes oficinas pero salen a las 5 de la tarde.

Me reservo un tiempo para escuchar música con los auriculares, jugar con el ordenador, entretenerme en Facebook o mirar alguna página porno. Rara vez hago esto último, porque entonces me veo obligado a masturbarme, mientras que prefiero la carne real y sólo me corro bien mientras alguien me folla como es debido.

Es el final de la primavera y ya hace bastante calor, así que esa tarde sólo llevaba una camiseta blanca y unos bóxers de colores vivos, como me gusta, cuando alguien llama al timbre. Sin pensar en mi atuendo ciertamente poco casto, voy a abrir la puerta al mismo tiempo que pregunto

"¿Quién es?"

"Señora carabinera... ohh perdón... pensé que era una mujer. Lo siento".

"No te preocupes. No es la primera vez. Lo sé, mi voz es bastante ligera, quizá porque no fumo".

Mi respuesta fue automática. Estoy acostumbrado a ello. Pero entonces me di cuenta de que mi sueño se había materializado delante de mí. Un hombre de unos 50 años o más para que me derrita. Muy alto, debía de medir más de un metro ochenta, de piel aceitunada, moreno pero con canas en las sienes, con un grueso bigote negro. Me recordaba a ciertos hombres de las películas de los 80, como Chad Douglas o Tom Selleck, por ejemplo. Y también con el uniforme de carabinero (para mí el mejor). Me quedé un poco atónito y él pareció mirarme de forma extraña.

"Soy el mariscal Simoni. ¿Puedo hacerte algunas preguntas sobre lo que ha pasado aquí?"

"Claro", conseguí soltar. Me estrechó la mano. ¡Y qué mano! Era enorme. Menos mal que no se sacudió con fuerza, porque si no habría sacudido la mía. Le dejé entrar y fuimos a la sala de estar (¡mmmm donde le habría llevado!). Él estaba en el sofá y yo en el sillón de enfrente. Al sentarse, se tocó definitivamente el paquete, seguramente para arreglarlo mejor, así que mi vista se posó entre sus piernas y ese paquete parecía realmente prometedor. Estaba delante de mí y yo sudaba aún más. Hice los honores.

"¿Puedo ofrecerte algo?" Yo sé lo que le habría ofrecido.

"No, no gracias, estoy de servicio. Cuéntame. ¿Estás solo en la casa?" Por supuesto, quería saber si había alguien más para hacer las preguntas. Y siempre he pensado lo contrario. Su acento era definitivamente napolitano.

"Sí, siempre estoy sola por la tarde. Mis padres trabajan... hasta las 6 de la tarde". ¿Por qué había añadido eso? Tal vez no era necesario. Y de nuevo me miró con extrañeza. ¿No pensaba que yo tenía algo que ver con el asesinato?

"¿Qué puedes decirme del profesor Gioacchini?".

"Pero, nada especial. Los saludos normales cuando nos encontramos. Nada más".

"¿Has estado alguna vez en su casa?" ¿Creía que me había acostado con él?

"No, nunca".

"Lo siento, pero... ya sabes... le gustaban los chicos y tú eres un chico guapo".

"¿Encontrar?" Tal vez lo haya dicho un poco a la ligera. Hubo un largo silencio durante el cual nos miramos a los ojos. Los suyos eran claramente inquisitivos. ¿Creía que estaba mintiendo o quería saber de mí?

"Quiero decir que no tienes nada que decirme. Bueno, entonces me iré. Tengo que preguntar también a los demás en el edificio". Se levantó y mi mirada se posó de nuevo en la entrepierna de sus pantalones. Estuve a punto de desmayarme. Tuve la impresión de que su polla estaba estirada sobre su muslo. Mis fantasías habituales, pensé.

Cuando cerré la puerta de la casa me pareció que mi agujero tenía una contracción, como si dijera "¡Qué has perdido!". Empecé a estudiar de nuevo, pero mi mente no estaba tan concentrada en ello. Estaba mareada. Y el agujero estaba jadeando. Hacia la cena conseguí superarlo, cuando conté los hechos a mis padres. No son mis pensamientos, por supuesto.

Al día siguiente, a eso de las 3 de la tarde, vuelve a sonar el timbre y me encuentro vestida (si se puede decir así) como el día anterior. Voy a abrir la puerta y es de nuevo ese carabinero, esta vez de paisano, pero no es que nos haya perdido. Chaqueta, camisa blanca con el cuello abierto por dos botones y las mangas remangadas (se le veía un grueso vello en el pecho y los brazos). Esta vez no me lo esperaba y me sorprendió aún más. Cuando llegué a

"Oh, eres tú. Lo siento, casi no te reconozco sin el uniforme. Por favor, toma asiento" y pasamos de nuevo al salón y de nuevo se tocó el paquete mientras se sentaba con las piernas abiertas.

"Supongo que hoy también estás solo en casa". Asentí con la cabeza.

"¿Me prefieres de uniforme?", añadió.

¡Qué pregunta! No sabía qué responder o quizás estaba analizando la opción.

"Ahora estoy fuera de servicio, pero he tenido algunas dudas y me gustaría hacerte algunas preguntas. Ayer vi que dudabas en responderme. ¿Has pensado en ello? ¿Tienes algo que decirme?"

"No, sobre el asesinato nada. Es que... cuando me dijo que era un chico guapo..."

"¡Es la verdad! Pero debes estar acostumbrado a oírlo".

"Sí, es cierto, pero... viniendo de ti..."

Se levantó del sofá para poner su gran mano en mi rodilla. ¿"Viniendo de mí te ha impresionado más"? ¿Por qué?"

En ese momento fui sincero. "Porque también me pareces un hombre guapo". Ya está, lo he dicho.

Se levantó y se puso delante de mí. Se inclinó, me levantó la cabeza con una mano bajo la barbilla y me dio un breve y tierno beso labio a labio. El silencio. Nos miramos el uno al otro. Quería ver cómo me lo tomaba. No dije nada y cerré la boca a medias. Se inclinó de nuevo para darle un beso, esta vez más enérgico. Su lengua entró con fuerza para apoderarse de la mía. Lengua sobre lengua, saliva sobre saliva. Me aferré a sus firmes muslos. Se enderezó y se tocó la herramienta. Debajo de la tela se podía ver su presencia muy sustancial. Estaba a la altura de la cara.

"Eso es lo que me haces. ¿Ves eso?" Me agarró la cabeza y la empujó sobre el bulto. "¿Lo sientes?", continuando a frotarlo sobre mí. "Lo único que he hecho esta noche es pensar en ti. Me he follado a mi mujer como hacía tiempo que no lo hacía, pero estaba pensando en ti. ¿Qué has hecho, hechizarme? ¿Quieres probarlo? ¿Quieres probarlo? Si es de tu gusto".

No he dicho nada. Estaba aturdido. Se desabrochó lentamente el cinturón, se desabrochó el botón, se bajó la cremallera y, a continuación, los pantalones y los calzoncillos juntos, hasta las rodillas. ¡Qué espectáculo! Sus musculosos y peludos muslos, su gran saco de bolas colgaban debajo de un bate de Oscar aún en crecimiento. No me lo pensé dos veces y lo alimenté, empezando a lamerlo y chuparlo, haciéndole gemir de placer.

"Ahhh... ¡así que te gusta! Eres un maricón, un hermoso maricón. Eso es, chúpame la polla, chúpala. Se te da bien".

Agarrándome por el pelo, me sacó la polla de la boca y dirigió la cabeza hacia mis pelotas. "Lame mis pelotas, maricón. Sí, lamerlos todos, limpiar el sudor de ellos. Pésalos con la lengua. ¿Son de tu gusto?"

Asentí con un bramido y él, mientras tanto, se quitó la chaqueta y se desabrochó la camisa. Le miré por debajo y me fascinó su cuerpo perfecto, sólo un poco de barriga debido a su edad. Todo estaba cubierto de vello, que destacaba más densamente a la altura del pecho y a lo largo de una línea que llegaba al pubis, que también era muy espesa.

Entonces me cogió la cabeza con las manos y me metió la polla en la boca, que había alcanzado un tamaño que nunca había visto. Tuve que abrirla todo lo que pude para que entrara, pero luego quiso meterla a la fuerza en mi garganta. Empujó tan fuerte que entró en mi gaznate, ahogándome. Se me cortó la respiración y le miré. Una lágrima rodó por mi mejilla.

"Respira por la nariz". Ningún macho me había utilizado así, pero me gustaba mucho y hacía lo que me decía. Lo he conseguido. Bombeó en mi garganta como si fuera un coño y las lágrimas siguieron saliendo, mientras en mi boca rebosaban los mocos que corrían por mi barbilla.

Me soltó y yo tosí y pude recuperar el aliento. Sosteniéndola en la mano, me apuntó a la cara. "Querría cubrirte de facha y hacértela tragar, pero quiero algo mejor. Quiero ver lo puta que eres".

Dicho esto, me hizo arrodillarme en el sofá, con las manos extendidas hacia el respaldo y el culo hacia él, y me bajó los bóxers, dejando mi culo al descubierto. Lo agarró con sus grandes manos, sus pulgares en la raja abriéndome y mostrando el agujero. Un escupitajo y un dedo del tamaño de una polla pequeña entraron en mí y se movieron arriba y abajo.

No pude contener un "Ahhh".

"Qué quejica". Es sólo un dedo. Ya verás lo que voy a poner aquí". Y abajo a empujar.

"No eres nuevo, puedo sentirlo" y los dedos se convirtieron en dos, pero ahora mi orificio se había aflojado y empecé a gemir de placer.

"Veo que lo aprecias". Más saliva en el agujero y más en su mano mojando la polla para prepararla. Lo apoyó contra el agujero pero no pudo meterlo. Se estaba escapando.

"Vamos, relájate. Abre el culo".

"Nunca lo he cogido tan grande", me justifiqué.

"Siempre hay una primera vez. Ya es hora de que te follen como es debido. Tienes que mostrarme cuánto te gusta la polla".

Llevé las manos hacia atrás y separé las nalgas todo lo que pude. Él, con una mano sujetaba mi hombro y con la otra apuntaba al objetivo. Empujó con fuerza y la punta entró. Un empujón más y la cabeza golpeó mi agujero y se instaló dentro de mí, deteniéndose.

El dolor duró un momento. Cuando sentí que estaba preparada, apoyé los brazos en el respaldo. "Hazme tuya". Me agarró por las caderas y me dio una serie de empujones suaves pero firmes. Pulgada a pulgada se introdujo en mí. Sentí que me desgarraba lo grande que era, pero cuanto más dolor sentía, más placer me producía ser follada por aquel tronco venoso. He perdido la cabeza.

"Fóllame, fóllame, vamos, vamos, duro, duro" y empezó a follarme cada vez más fuerte.

"Ahhh, sí, te voy a destrozar perra, te voy a destrozar el culo. Eres una zorra, zorraa".

Grité, disfruté, le incité. El ritmo era cada vez más fuerte. El sonido de sus grandes pelotas golpeando contra mí lo marcó. Con cada empuje lo sentía en mi garganta. Iba a correrse, podía sentirlo. Me estaba preparando para ser inundada, pero en lugar de eso... en lugar de eso se retiró de repente, derramando mis entrañas. ¿Quería correrse sobre mí?

"No, por favor, más, fóllame más".

"Sí, claro que te follaré de nuevo, puta asquerosa". Me puso de espaldas, me quitó los bóxers y me levantó las piernas hasta los hombros. Soy mucho más bajo que él y no pudieron pasar. Esta vez entró en mí de un solo empujón, gruñendo como un cerdo, y reanudó la follada con toda la fuerza que tenía. Bajó para besarme profundamente. Su piel en mi cuerpo. Lo estaba disfrutando. Sentí que me abría en dos. Me sentí como el objeto de sus antojos.

"Fóllame, fóllame. No te detengas. Ahhh, sí, ahhh".

Levantó el torso mientras seguía follándome, me agarró por los tobillos justo a tiempo para ver cómo me corría fuertemente sobre el vientre, sin tocarme.

"Disfrutas como una niña. Me follo tu coño. Eres mi coño, tómalo, tómalo...". Cuatro o cinco empujones para destriparme por completo, se arqueó hacia arriba y un rugido animal acompañó su explosión dentro de mí. Un río de semen llenó mi vientre, sacudiéndose y gritando con cada chorro. Nunca dejó de venir.

Finalmente se desplomó sobre mí, agotado. Estaba doblada en dos con su polla aún tiesa dentro de mí. Se dio cuenta casi inmediatamente de que no me sentía cómoda en esa posición y se retiró lentamente. Cuando la cabeza salió, hizo el sonido de una botella que se descorcha y le siguió mucho jugo, como la espuma del champán. Increíble, pero la visión de su gran polla, brillante con su semen y mis humores, me excitó tanto que me corrí de nuevo. Como una chica. Como él había dicho.

Un momento de silencio, luego sonrió y me acarició la cabeza. "¿Sabes qué? - Dijo tranquilamente - Es la primera vez que tengo relaciones sexuales con un hombre".

"¿De verdad? No me pareciste tan torpe".

"Por supuesto, porque sé cómo hacer el amor. Pero tú... sí, sí, debes haberme hechizado".

"Te juro que no hago ni sé hacer tales prácticas".

"Estabas muy caliente, medio desnudo. Este hermoso cuerpecito tuyo... tus bollitos. Me di cuenta inmediatamente cuando te diste la vuelta para acompañarme al salón. Inmediatamente sentí que mi polla se agitaba, y mientras hablábamos, crecía. Si no hubiera tenido trabajo, me habría abalanzado sobre ti y te habría hecho mía por la fuerza. Prácticamente salí corriendo".

"Oh, pobre de mí. Qué me habrías hecho!", dije irónicamente.

"Pero no he podido olvidarte".

"Bueno, ahora que me has follado te vas a olvidar de mí", dije con cierta inquietud.

"Más bien ahora nunca te olvidaré. Has estado excepcional. He disfrutado como no lo había hecho desde que era joven. Además, a las mujeres no les gusta que las traten con tanta dureza, ni de palabra ni de obra".

"Pero lo hago.

"Me he dado cuenta, zorra". El hombre de aspecto varonil me miró con ternura. "¿Pero te gusto?"

"Mucho". Eres mi hombre ideal".

"Pero yo podría ser tu padre".

"¿Qué quieres decir? Me gustas así. Por supuesto, con mi padre no lo haría, pero puedes utilizarme cuando te apetezca".

"Me pusiste la marca de nacimiento" y me abrazó con sus fuertes brazos, entonces le toqué la polla.

"¿Empezamos de nuevo?"

"Ehh, ya no soy un niño que se empalma tan fácilmente".

"Yo diría que sí. Míralo". En realidad no se había ablandado tanto y no se había dado cuenta.

"¡Maldita sea! Es, sin duda, el efecto de la brujería".

Me agaché y me lo llevé a la boca. En poco tiempo volvió a estar duro como el acero. Me puse de espaldas y de nuevo entró de una sola vez, estaba tan estirada y mojada de semen. Me montó durante un buen rato. Estaba disfrutando y babeando como un maníaco, sintiendo ese gran palo clavándose en mis entrañas sin piedad. Y lo disfrutó conmigo.

"Ohh cariño, te quiero" me dijo mientras me follaba como un animal y yo, no sabía si era sincero o estaba atrapado en el calor del momento pero quería creerle. Me sentí completamente suya y no me reprimí. Me derretí en un orgasmo loco. Me abrazó con fuerza mientras me estremecía de placer. Su cuerpo poderoso y velludo era uno con el mío, diminuto y pálido.

"Ohh amor, amor, amor". En cuanto terminé de eyacular, él empezó, todavía vaciando sus pelotas dentro de mí. Estaba completamente lleno de sus babas. Nos quedamos así durante unos minutos. Me besó el cuello, me lamió las orejas. Estábamos en el cielo. Cuando salió de mí, deslizó dos dedos en el agujero desgarrado y los sacó mojados con su semen. Me los puso en la boca y los limpié.

"¡Mierda, eres una zorra! Tú también eres el sueño de mi vida. Quiero tener una conversación seria contigo. Por ti dejaría todo y a todos, pero tengo que ser objetiva, al menos por ahora. Tenemos que tener cuidado. Soy un hombre casado desde hace mucho tiempo, tengo dos hijos (de tu edad, por cierto) y un trabajo bastante vinculante, pero no quiero perderte. Puede que suene como un gilipollas pero, si estás de acuerdo, me gustaría poder venir de vez en cuando, sin compromiso".

"En cambio, tendrás que venir todos los días porque todas las tardes estoy aquí sola. Me aseguraré de que te "corras" como es debido -dije bromeando-.

"Bueno, todos los días no podré debido a los turnos. Y así, al menos, podrás estudiar un poco, pequeño depravado". Nos reímos.

"Pero la próxima vez ven con el uniforme y haré el papel del delincuente detenido que tienes que poner en la cola".

"Olvídate de la línea, te pondré en el palo", señalando su polla. Nos reímos de nuevo.

Así empezó nuestra aventura, que ya lleva más de un año, sin que nadie se dé cuenta de nada, aparte de uno de sus compañeros con el que está de patrulla cuando yo estoy de servicio. Sí, porque si me quiere algunas tardes pero tiene que trabajar en la calle, nos encontramos en el borde del parque cerca de mi casa. Mientras mi colega permanece en el coche patrulla, él sale y viene hacia mí. Me agacho, le quito el uniforme y le hago una mamada con un trago para vaciarle los cojones. Me da un beso en la frente y vuelve al coche, mientras yo me limpio la boca con los dedos y los chupo. Le contó todo a su colega y quién sabe si algún día me lo presentará. ¡Es tan lindo! ¡Qué puta soy!

Ah, para que conste. El asesino del profesor fue capturado. Ahora está en la cárcel. Pobre profesor: él perdió su vida pero yo encontré un amor.

3. Raphael

Se llamaba Rafael, no Raphael. Era un... digamos... un artista, conocido en el círculo de amigos snobs y algo burgueses (pero yo diría conocidos, más que amigos) de Grazia con quien vivía desde hacía un año. La decisión de vivir juntos quizá se tomó de forma precipitada, presionada por acontecimientos ajenos a nuestra relación, pero nunca nos arrepentimos porque éramos muy parecidos en cuanto a intereses, carácter, cultura, visión de la vida, etc. Mi error fue ocultarle mi bisexualidad, también porque me había hecho entender que las atracciones homo eran algo muy negativo para ella.

En las pocas discusiones sobre el tema en las que reiteré que la mayoría de sus supuestos amigos, en mi opinión, eran en gran medida "alternativos", Grace se enfadaba, me preguntaba cómo podía decirlo y cortaba por lo sano y pasaba a otros temas. Fui débil para no decirlo todo entonces, pero me di cuenta de que la habría herido y seguramente la habría perdido. Al fin y al cabo, al principio nuestra relación era muy apasionada y, aunque no lo creyera del todo, pensé que tal vez las aventuras gay habrían formado parte de mi pasado. Pero no fue así, al contrario...

Tras un par de meses de sexo caliente en los que pensé que aquella joven de pechos generosos estaba "deseando" estar conmigo y mi polla siempre dispuesta para ella, me di cuenta de que, aunque era una chica muy sensual, para ella el sexo tenía una importancia muy relativa y tendía a sublimarlo en sentimiento y dedicación. Una naturaleza ligeramente masoquista, pensé, quizá también estimulada por mi carácter un poco solitario, un "saturnino" podría decirse... Tras unos meses más de relaciones más rutinarias en las que me di cuenta de que ella también se entregaba a mí apasionadamente, pero siempre sin tomar la iniciativa y alternando entre el amor intenso, real y carnal, y su forma más natural de expresar el amor: una mezcla de amor platónico, maternal, infantil y, en cierto sentido, casto, creo que en esencia tendía más a amar que a ser amada.

Sin embargo, durante un año siempre le fui fiel, estaba enamorado de ella, y a mi manera lo sigo estando, pero ahora sólo somos amigos que de vez en cuando se encuentran follando por casualidad y por razones circunstanciales. Fue durante este periodo cuando me presentaron a Raffaello durante una fiesta de pizza con los amigos de Grazia. Era indiscutiblemente guapo, con una mata de pelo siempre delante de los ojos, labios carnosos, simpático, extrovertido...

No me llamó la atención su forma de ofrecerme la mano, digamos que un poco afectada... en cuanto le miré apartó la mirada y no hubo ningún discurso particular entre nosotros. Sólo cuando nos despedimos al final de la velada me preguntó a qué gimnasio iba, ya que, para verme, seguro que tenía que ir a uno... Me sorprendió un poco la pregunta, pero se lo dije de todos modos.

Me preguntó si sólo existía la sala de pesas o también hacían clases de ejercicios. Le contesté que había de todo. Dijo que, como iba a estar en la zona durante al menos seis meses, podría apuntarse para seguir moviéndose, así que, además del nombre, le di la dirección.

Era un bonito gimnasio, bien estructurado en muchas secciones, abierto casi todo el tiempo, con también una pequeña sauna, un baño de vapor y una zona de relajación. Lo frecuentaban deportistas, culturistas, gente corriente y muchos gays. Se rumoreaba que era un lugar donde se podían tener encuentros interesantes, lo cual, sobre todo a ciertas horas del día, era muy cierto, como ya había comprobado en el pasado y.... Ya lo había presenciado personalmente en el pasado, y se convirtió en una realidad: la gente se miraba, se conocía y acababa fuera. A decir verdad, en el interior ya ocurría algo, sobre todo en las horas de menor afluencia, y la sauna y el baño turco eran lugares privilegiados. También tuve un breve romance con un instructor, pero esa es otra historia.

Pausa para el almuerzo. Pocas personas en la sala de pesas. Se acabaron las clases de ejercicio de la mañana. Había hecho ejercicio, comido algo de comida basura de las máquinas expendedoras y subido a la zona de descanso, que estaba desierta. "Ah, qué maravilla", pensé, "nadie habla, haré 10 minutos en la sauna, luego 20 minutos de turco y después media hora tumbado para dormitar". Voy a la sauna, tiro un cazo de agua y un poco de mentol sobre las piedras calientes, extiendo la toalla y me tumbo sobre ella con la nuca hacia la puerta. Empiezo a contar los segundos como solía hacer: mil y uno, mil y dos, mil y tres y así sucesivamente, sabiendo que a veces esta cantinela mental me hacía dormir.

No quería quedarme más de 10-12 minutos. Oigo cómo se abre la puerta principal. "Se acabó la diversión", pienso. Permanezco con los ojos cerrados y oigo que se está haciendo algo en la zona de descanso adyacente, donde había bancos de madera con escalones. "Bueno, es por ahí" me digo y empiezo a contar de nuevo. Normalmente, en este punto de la sauna, con el sudor que empieza a fluir y el picor, no me duermo, pero esta vez ocurrió. Una voz me despertó:

- Jacopo, ¿cuánto tiempo te queda?

Me sobresalté y sólo lo reconocí después de unos segundos.

- Mierda, ¿cuánto tiempo llevas aquí Raphael?

- Cinco minutos, pero ya estabas allí.

- Bueno, ya falta poco, gracias por despertarme. Me voy al turco.

No me di una ducha fría como hacen los verdaderos saunistas, así que entré en el baño turco, que comparado con la sauna estaba casi frío. Se trataba de un pasillo de poco más de un metro de ancho, hecho en forma de L con una lámpara sólo encima de la puerta de entrada, de modo que, también por el vapor que había, ya a los dos pasos sólo se podían vislumbrar las siluetas y al final no se veía casi nada y nada en absoluto en el corto brazo terminal de la L. Lo recorrí todo para ver que no había nadie, me solté la toalla de la cintura, me la puse enrollada al cuello y me senté en el resbaladizo banco de cemento que rodeaba toda la pared del baño turco dejando muy poco espacio para pasar. Y allí estaba entrando Rafael.

No pude evitar pensar en ello. Se sienta a mi lado y me pone la mano en el muslo. "Ya está, eso es todo y ¿qué hago ahora?" Evidentemente, brillo y apoyo la parte posterior de mi cabeza en la pared. Rafael interpreta esto como un estímulo, pero quizá ni siquiera lo necesitaba porque, en cualquier caso, su polla empezaba a levantarse. Agacha la cabeza, me mira un momento como para ver la expresión de mi cara, o al menos lo que podía ver; le miro "asépticamente" pero la polla tenía su propio lenguaje que decía que fuera con la escofina. No era un gran saltador en general, pero la idea de correrme en la boca de un macho después de tanto tiempo me hizo ponerme de pie para que mi polla quedara justo a la altura de su cabeza, que cogí con cierta fuerza y empujé contra mi ingle.

- Cálmate, me vas a ahogar, dijo tosiendo y comenzó un bombeo lento y medido con pequeños mordiscos en la cabeza y lametones en el eje y las pelotas. Tenía ganas de correrme y quería algo más duro, así que de nuevo le agarré la cabeza pero no se la metí hasta la garganta como antes; sin embargo, le obligué a quedarse quieto mientras me movía. Lo follé salvajemente por la boca mientras sus manos me agarraban firmemente las nalgas y con un fuerte temblor de mis piernas me corrí. Chupó hasta que se acabaron los chorros, pero no tragó.

Me sorprendió pensar que, o bien no había hecho tanto como pensaba, o bien tenía una cavidad bucal muy amplia, pero lo que más me sorprendió fue la pregunta que hizo después de escupir y limpiarse la lengua con el canto de la mano:

- ¿Pero entonces eres gay Jacopo?

- Sólo un poco, jaja. Y además, Grace no sabe nada....

- ¿Pero cómo?

- Lo hago. Y tampoco creo que sospeche nada.

- Bueno... Las mujeres no son estúpidas...

- Eso es... y de todos modos, tal vez se lo diga antes o después.

- ¿Pero te gusto Jacopo?

La conversación y sus preguntas directas empezaban a molestarme y tenía muchas ganas de hacerle daño, así que le dije:

- Desde luego, no tanto como a ti te gusta.

Sonrió con un poco de resentimiento, pero continuó:

- Si quieres, puedo hacer otra cosa...

- Bueno, aquí no...

- Puedes reunirte conmigo en mi casa en XXX y dijo un lugar a más de 30 km de distancia.

- Me sorprende que, como no vives en la ciudad, te hayas apuntado a un gimnasio de aquí. ¿No hay gimnasios en XXX?

- Sí, pero tú no estás ahí.

Mierda, pensé, me he metido en un lío. Para quitarme de encima la incomodidad, algunas personas entraron en la zona de relajación. Me ceñí con la toalla y salí, seguida casi inmediatamente por él. Nos duchamos y me dijo que tenía que irse y que la invitación a su casa seguía siendo válida. Sonreí y le di las gracias, pero no le pedí su dirección ni su número de teléfono. Entonces me arrepentí de mi arrogancia y prepotencia. Al fin y al cabo, había sido simpático, nada intrusivo, simpático, en fin, y me di cuenta de que no sólo no le había tocado, sino que ni siquiera le había mirado.

Ni siquiera alguien que no me interesara en absoluto me habría tratado de forma tan abiertamente distante. Me dije a mí mismo: "Soy un gilipollas", también porque en realidad era un tipo agradable. En mi carrera de marica había hecho cosas mucho peores...

Unos diez días después la situación es similar, pero esta vez ya había estado en la sauna y el baño turco y estaba disfrutando de una tranquila relajación tumbada en el marco más alto de la zona preparada. Entra, le miro por una estrecha rendija de los ojos, girando un poco la cabeza, me saluda, vuelvo sin abrir los ojos y vuelvo a dormir. Toma una breve sauna y una ruidosa ducha fría, tras lo cual viene a sentarse debajo de mí, de espaldas a mí.

- ¿Estás dormido?

- Con el desorden que haces al dormir, me debe haber picado la mosca tse-tsé.

- Tan bonito como siempre Jacopo...

- Lo siento, tienes razón, estoy un poco nervioso por mi propia mierda.

- ¿Quieres hablar de ello?

- No, exactamente, es mi negocio.

Silencio y de nuevo un sentimiento de culpa por mi parte, así que me levanto y bajo los pies, apoyándolos en el nivel donde él estaba sentado, y comienzo una conversación general sobre más y menos, y descubro que no es sólo una apariencia, sino que tiene una gran profundidad cultural y artística, además de una pulida elocuencia y muchos intereses. Luego me pregunta cómo está Grazia y si he visto a la gente de la famosa pizza. Sí y no, respondo, y confieso que algunos de los conocidos de Grazia, más o menos, están todos un poco en mi culo, así que me siento bien aunque no los vea. Nos encontramos riendo y mirándonos de forma extraña. Un poco titubeante me dice:

- ¿Te gustaría volver a hacerlo?

Esperaré un poco para responder y luego diré:

- Vamos a tu casa...

Media hora después ya estábamos allí. Al igual que Grazia y yo, él también estaba en una buhardilla, con la diferencia de que la nuestra era una buhardilla pequeña y la suya una buhardilla grande, tan refinada, brillante y ordenada como la nuestra era bohemia, andrajosa y desordenada. Una cosa que me sorprendió fue ver una hoja de papel de aluminio alrededor de los puntos de fuego de la placa. Estoy tratando con un maníaco del orden y la limpieza", pensé.

- ¿Puedo ofrecerte algo? ¿Quieres un café?

- No, no, no dejes que se ensucie nada, dije señalando la placa.

Él se sintió decepcionado y yo también, porque no podía entender por qué tenía tanto éxito siendo un gilipollas.

- Lo siento, es una broma, sí, hazme un café.

El pobre, en lugar de decirme que lo trajera del bar, se dio la vuelta, un poco mortificado, para preparar la cafetera, la puso sobre el gas y se quedó allí, girado como estaba, mirándola con la cabeza inclinada. En ese momento sentí una dolorosa simpatía y me levanté, fui tras él y le abracé, besándole en el cuello.

- Te debo gustar mucho Raf para no mandarme a la mierda todavía. No contestó, pero se estiró bajo mis besos como los gatos cuando los acaricias bajo la garganta. Giró el pomo bajo el café que se había levantado mientras tanto y se dio la vuelta ofreciéndome sus labios. Le besé y, por primera vez, tomé su polla con la mano por debajo del chándal y parecía un bonito bulto.

- ¿Vamos por ahí? preguntó, probablemente señalando el dormitorio.

- Por eso he venido, ¿no?

Lo desnudé rápidamente. Su polla estaba muy dura, una polla muy extraña, apretada en la base y gradualmente más gruesa a medida que subía hacia la cabeza. Pero lo más extraño era que era plana, no tenía una sección transversal más o menos circular como casi todas, sino que estaba muy ovalada, aplastada sobre todo en la parte superior.

- Sí, lo sé, tengo una polla extraña, dijo al notar mi perplejidad y, por una vez, fui amable con él tomándola entre los labios como respuesta. Le llevé al borde del orgasmo con la bomba y luego pasé al agujerito. Rafael estaba disfrutando del rimming de forma sublime y mientras se lo hacía me desnudé por completo. Siempre sin dejar de acariciar su rosita, saqué un preservativo del bolsillo de mi pantalón, al que previamente había roto la funda, lo desenrollé y se lo puse. Dijo:

- No estoy seco, no soy un habitual.

Cogió un tubo de gel de la mesilla de noche, lo roció en abundancia y me lo puso en la polla, que se estremecía y que, poco después, ya se hundía en sus entrañas. La posición era la clásica con él boca abajo y no me gustaba mucho. Puse un brazo bajo su pelvis y lo levanté hacia mí. Comprendió, pivotó sobre sus rodillas y se inclinó sin que mi polla saliera; sólo había dejado de empujar. Reanudé con un poco más de fuerza, apretando sus delgadas caderas mientras jadeaba y goteaba copiosas cantidades de líquidos preorgásmicos.

- Quiero verte, dije.

Así que saqué la clavija, giré a Rafael, coloqué sus pies junto a mi cabeza y empujé muy suavemente mientras le chupaba los dedos. Se mordía los labios con dificultad y yo, que sentía que estaba a punto de correrse, le pedí que me masturbara y me dijera cuándo iba a correrse. Obedeció y muy poco después dijo que estaba listo. Entonces aceleré mis empujones y cuando su recto se contrajo espasmódicamente, empujé con toda la fuerza que pude, quedándome quieto a la espera del estallido del semen que se produjo inmediatamente. Me derrumbé sobre él y permanecimos así un rato en silencio.

Dijo dulcemente Rafael en voz baja:

- El café estará frío...

- Me gusta el frío siempre que sea amargo. Y me levanté. Puse el condón en una hoja de papel de cocina y con otra me limpié la polla en seco. Raffaello los cogió y los echó en el cesto; sirvió el café y lo azucaró, poniéndose de pie y removiéndolo durante mucho tiempo con una cucharilla; yo, sentada, me lo tragué de un trago y me sorprendí mirándolo con cierto interés: no tenía músculos definidos como yo, pero seguía estando muy tonificado y bien construido. Nos sonreímos y me dijo

- ¿Se lo dirás a Grazia?

- No veo el sentido.

- Sí, así está mejor.

Alcanzó mi taza, pero lo atraje hacia mí y le metí la lengua en la boca. Me gustaba el sabor dulzón, vagamente nauseabundo y ligeramente estimulante de la boca de alguien que acaba de beber café azucarado. Hice girar mi lengua en su boca durante mucho tiempo, mordiéndole también los labios, y al poco tiempo los dos estábamos de nuevo excitados. Se puso en cuclillas y empezó a chuparme la polla de nuevo, pero la felación no era definitivamente lo suyo, así que le dije:

- Voy a buscar otro condón.

- Siéntate ahí, tengo algunos aquí.

Y de hecho coge uno en una especie de caja de boda, lo abre y lo desenrolla sobre mi polla, luego abre la nevera y coge un pequeño bloque de mantequilla, lo mantiene en la mano durante un minuto y luego lo desenvuelve y lo extiende sobre el condón y sobre su culo, aparta la mesa de la silla en la que estaba sentado, me da la espalda y se sienta sobre mi polla que entra toda lisa simplemente... como en la mantequilla. Era muy agradable la sensación de mi polla dentro de él moviéndose rítmicamente hacia delante y hacia atrás, aquí y allá, luego de forma circular, bajando hacia atrás, hacia mí, como si tratara de besarme y con esa polla graciosa pero aún dura balanceándose apuntando al techo.

Parecía aún más largo en esa posición y el olor a diacetilo de la mantequilla parecía casi afrodisíaco. Como acababa de tener un orgasmo, teóricamente debería haber tardado más en correrme; en cambio, no duré mucho y me vacié de nuevo, quizá inconscientemente para reducir la estancia en esa incómoda posición y también por el miedo a que la silla cediera. Raffaello, en cambio, se lo tomó con calma y trabajó su polla rítmicamente con los lentos movimientos de su pelvis con mi garrote dentro. Cuando se corrió sentí que su esfínter se tensaba y palpitaba y le apreté el pecho con fuerza diciéndole que era maravilloso.

La aventura con Raf (odiaba que le llamaran así), duró cuatro meses. Nos veíamos más o menos cada 10 días y me dejaba follar en todas las posiciones posibles e imaginables. Había llegado a amar su picardía. Un día organizó un trío con un amigo suyo de la región de las Marcas, de aspecto tan pasivo como marimacho. Esta masa de músculos tenía un nombre gracioso, Ulderico, y recuerdo que esnifaba poppers como si fueran aire balsámico de montaña. Tenía una forma divertida de hablar, casi como la gente de Bari, y recuerdo que para decir "ven aquí" decía "ven aquí".

Pasamos una tarde de varias combinaciones y múltiples placeres de los que no recuerdo exactamente los detalles, sólo la montaña de condones utilizados y una combinación particular muy agradable también desde el punto de vista... digamos... psicológico: Raf se estaba follando a Ulde en la posición del misionero ensartándolo con fuerza y yo estaba montando a Raffaello en la posición clásica. Pronto encontramos el ritmo adecuado con

Raf moviéndose mientras Ulde desde abajo y yo desde arriba nos quedábamos quietos. Era como si me follara a Ulderico a través de Rafael.

También hubo un qui pro quo en el gimnasio: subimos durante la pausa para comer a la zona de relax, no me apetecía tomar una sauna así que nos quedamos un rato hablando de cosas sucias, pensando que estábamos solos. Raphael dice: vamos, no me hagas rogar, entra en el baño turco, quiero probarlo. Me rindo, entramos, me pongo de pie, él se sienta y empieza a chupar. Fue mejor que las primeras veces. Noto un movimiento furtivo en el fondo y exclamo:

- Pero no estamos solos...

Una voz responde: - no...

- Mierda, pero no hemos visto a nadie entrar en ....

- Llevo casi una hora aquí dentro, pero sigue, o mejor dicho, si me dejas pasar saldré.

Reconocí al sujeto cuando se acercó a nosotros. Era un chico guapo con el que también había hablado algunas veces. Se llamaba Oscar y tenía 16 o 17 años. Tenía la polla dura por lo que dije:

- ¿Y sales con la caña al viento?

- No es que haya nadie fuera...

- Nosotros también pensamos que no había nadie dentro.... Será mejor que deje que mi amigo te desate y así diciendo, rodeé su pecho con un brazo por detrás agarrando sus pectorales, Rafael se bajó y se lo llevó a la boca y, por mi parte, con la otra mano le agarré el culo que estaba, como dicen, hecho de mármol. Óscar se corrió con unas cuantas chupadas, dejando su cabeza hacia atrás en mi deltoide. En cuanto Rafael le soltó la polla, se corrió, murmurando un "maricón". Me reí, pero mi amigo estaba preocupado.

- ¿Sabes quién es? preguntó.

- Sí, te digo que eres oficialmente un pedófilo porque te la chupaste a un chico de 16 años.

Dieciséis años que luego, por desgracia (en cierto modo), seguirían formando parte de mi turbulenta vida sexual, pero esa es otra historia.

Me reí de ello, pero Rafael estaba preocupado. Esa fue la última vez que hicimos algo. Ya me había dicho que se iba a Londres por un tiempo, pero no lo volví a ver. Le llamé por teléfono en Navidad para desearle un feliz cumpleaños, pero el número no estaba disponible. Más tarde me enteré de que también se ha abierto camino a nivel internacional. Es un artista consolidado y solicitado. Es una pena que haya desaparecido como la nieve en el sol. Sin embargo, todavía tengo el recuerdo de su culo loco y de la frenética follada que hicimos.

4. Nevadas

Muchos recordarán la nevada de hace unos años que paralizó varias ciudades de ladera en el centro y norte de Italia.

Lo recuerdo especialmente por una aventura que me ocurrió durante ese extraordinario acontecimiento.

Estaba estudiando en la universidad y, como muchos otros, compartía piso con otras tres personas de la misma edad, todos estudiantes.

Con uno de ellos nació una buena amistad, nos gustaba charlar de todo y, una vez a la semana, durante las tardes universitarias, salíamos juntos en busca de coños, que nunca, y digo nunca, faltaban durante esas tardes.

No es que mi amigo y yo tuviéramos un gran encanto, sino que éramos muy parecidos, los dos medíamos un metro ochenta y éramos bastante atléticos, digamos que lo normal para dos jóvenes de 24 años.

Nuestros 2 compañeros de piso se iban los viernes después de comer tras sus clases.

Luca y yo, que así se llamaba, ese viernes habíamos sido invitados a una cena en casa de unas chicas que habíamos conocido dos noches antes, una de las cuales se había acostado inmediatamente con mi amigo y la cena era probablemente una excusa para responder. Esa noche, en cambio, había apuntado a una chica que, tras unas cuantas charlas, me rechazó porque estaba felizmente comprometida y, dada la hora tardía, decidí irme a casa.

Alrededor de las 17.30 horas de ese viernes empezó a nevar en algunos lugares, pero nada de lo que preocuparse y a las ocho ya estábamos todos cenando. Nosotros llevamos el vino y el postre y las chicas se encargaron del resto.

Era el programa de una velada ideal, pero no resultó así.

Sin embargo, a las 18:30 llegó un mensaje de Federica informando de que la cena se había pospuesto debido a las previsiones meteorológicas poco prometedoras y que ella y Anna, que tenían el coche, habían vuelto cada una a su casa para evitar el riesgo de quedarse atascadas.

Luca y yo decidimos irnos al día siguiente, dada la hora.

Al llegar a casa, después de consolarnos con un aperitivo en el centro de la ciudad, organizamos las maletas, la cena y las duchas para estar listos para nuestra partida al día siguiente. Antes de irnos a la cama, echamos un vistazo al exterior y nos dimos cuenta de que tal vez tendríamos que irnos también, ya que la nevada parecía más grave de lo esperado.

Cuando nos despertamos por la mañana, la sorpresa no fue tanto que todo estuviera completamente blanco fuera de la ventana, sino cuando abrimos la puerta principal del edificio y nos encontramos frente a un muro de un metro y medio de altura y todavía estaba nevando.

Los intentos de salir fueron inútiles y decidimos volver a entrar.

Nos quedamos en casa todo el día ocupados con la televisión, los videojuegos y las películas descargadas de Internet.

Por la noche, hacia las veintidós, tras haber terminado de cenar y lavar los platos, Luca propuso que viéramos la película que acababa de descargar.

Por fin, en el sofá empezó la película, pero nada más empezar nos dimos cuenta de que habíamos descargado otra película porno.

"Bueno, vamos", le dije a Luca.

"Mejor que nada

"A ver si se lo merece o lo destrozamos".

Las escenas eran las clásicas, grandes coños, pollas grandes y siempre duras, mamadas, sodomías y grandes corridas por doquier.

Evidentemente, había emoción, o más bien yo estaba emocionada por ver y comentar esas escenas, así que diría que Luca también lo estaba.

En algún momento hubo una escena que me excitó especialmente, dos tíos y un coño fantástico haciendo una doble penetración.

"Espera", dije.

"No adelantes, veamos cómo se follan a esta chica".

La escena se prolongó durante unos minutos hasta que el que se la metía por el culo se levantó y se la metió en la boca.

El tipo que estaba debajo y seguía follando con la chica se encontró con la polla de su amigo en la cara y empezó a chuparla y a compartirla con ella.

Hubo silencio y algo de vergüenza.

La escena continuó y mientras uno de los dos se ocupaba de lamer el coño de la mujer, el tercero llegó con una polla dura, la apuntó al culo rasurado de su amiga y con dos o tres empujones entró en él.

El silencio fue interrumpido por una risa avergonzada seguida de mi "¡vamos, tal vez sea mejor seguir!".

Era la primera vez que presenciaba una escena bisexual con otra persona, había visto muchas, no eran nada nuevo, pero en esta situación me sentía ligeramente avergonzada.

"¡Vamos, qué quieres que sea!"

"¿No has visto ninguno antes?"

Luca respondió

"Sí, por supuesto, he visto varios".

"¿Y te dan asco?", preguntó Luca.

"No, mierda, no", respondí.

"Sólo un poco de vergüenza, al final es sexo, te guste o no".

Luca aprovechó la oportunidad y dijo con entusiasmo.

"Me iría al baño a masturbarme, pero no quiero perderme la escena".

Continuó diciendo

"No puedo resistirme, o voy al baño o lo hago aquí, ¿no?"

No tuve el valor de decir que no y acepté.

Se dispuso a sacarlo de sus pantalones de chándal, que ya estaban vestidos.

No era la primera vez que lo veía, jugaban juntos al fútbol sala y en las duchas siempre caía una mirada furtiva sobre las partes bajas, y en casa había cierta libertad y todos andábamos desnudos después de la ducha para volver a nuestras habitaciones.

Pero en erección era la primera vez.

Y sí, incluso en esta ocasión el rabillo del ojo se asomó a su polla.

Estaba empalmado, la capilla era grande, brillante y roja, la estaba sujetando y habrían hecho falta al menos los cuatro dedos del otro para cubrirla toda dejando sólo el glande fuera.

"No me haces compañía", dijo.

"Vamos, ¿nunca te has hecho una paja en la empresa?"

"Sí, por supuesto, de niño más de una vez", respondí.

"¿Qué más da?", contestó él, continuando a subir y bajar con la mano en el eje.

No contesté, sino que me levanté del sofá lo suficiente como para refrescar mis pantalones y mi ropa interior juntos.

La mía también estaba dura, podía sentir la cabeza hinchada y dura, mi polla estaba tan dura que casi dolía y se mantenía recta como un poste.

Empecé a acariciarla desde la base hasta la parte superior de la capilla, que ya estaba mojada.

En la sala silenciosa sólo se oían los jadeos de los actores, nuestra respiración agitada y el roce de la mano sobre nuestros miembros rojos e hinchados.

La situación tomó un cariz diferente cuando uno de los dos actores, sentado con la chica encima, cogió la polla de su colega y empezó a masturbarla.

"Nosotros también lo haremos", fue la propuesta de Luca.

Me sorprendió, pero la vacilación duró un instante.

Estiré la mano derecha y le agarré la polla. Sólo entonces me di cuenta realmente de lo grande que era y de lo duro que era, pero no estaba frío, estaba caliente me atrevo a decir.

Casi al mismo tiempo, Luca hizo lo mismo conmigo y una ráfaga de calor comenzó entre mis piernas y llegó a mi cabeza en un instante, terminando en mis mejillas y mi frente, que sentí que me quemaban.

Empezamos a masturbarnos mutuamente, fue lo más intenso que había experimentado.

Sentir tu polla en la mano de otra persona es excitante, pero tener una en tu mano que no es la tuya es definitivamente otra cosa.

Seguimos acariciando mutuamente nuestras pollas con avidez, y a medida que mi respiración y la de Luca se hacían más cortas y rápidas, podía sentir su polla hinchándose y palpitando, ¡podía ver su piel contraerse e hincharse!

Podía sentir cómo aumentaban los latidos de mi corazón y las contradicciones de mi pelvis empezaban a manifestarse.

De repente una fuerte contradicción me hizo chorrear varias veces, el semen era un río, los primeros chorros acabaron en mi camiseta luego chorros menos intensos hicieron salir el resto del esperma y goteó sobre la mano de mi compañera de piso que me apretaba la polla desde la base hasta la capilla muy brillante y de color morado haciéndome salir hasta las últimas gotas de semen blanquecino que sentí gotear sobre mis huevos.

Luca se corrió un momento después emitiendo sólo un largo gemido, de su polla salió un primer chorro, o más bien un chorro de semen que fue a parar a su pecho y luego comenzó una serie de intensos y largos chorros que fueron a parar a todas partes, incluido mi brazo.

Podía sentir su esperma caliente goteando sobre mi mano mientras continuaba su movimiento para vaciar completamente esos hermosos y grandes cojones.

Era una sensación extática sentir una polla palpitando en mi mano, la viscosidad de su semen actuando como lubricante para los últimos movimientos de una saga nunca antes realizada.

Continuamos un rato más hasta que nuestras pollas, agotadas pero satisfechas, se hundieron.

Había un fuerte olor a semen en la habitación, uno dejó la polla del otro y en silencio fuimos a lavarnos.

Con cierta vergüenza nos despedimos y cada uno se fue a su habitación.

***

El domingo por la mañana me desperté sobre las 9:30. Mi primer pensamiento fue el de la noche anterior y me sentí un poco confuso, no sabía si había hecho algo malo pero el recuerdo seguía creando cierta excitación.

Siempre he sido racional y de mente abierta, así que no tenía muchos reparos, pero ¿cómo abordaría el tema con Luca?

Por suerte, todavía estaba dormido y tuve tiempo de reorganizar mis pensamientos.

Fuera la nieve era alta, ya no nevaba, pero la previsión meteorológica seguía siendo poco prometedora.

Hacia las 11, Luca se despertó y llegó deambulando al salón, se despidió y fue a desayunar.

Almorzamos tranquilamente y nadie hizo nada para sacar a relucir el tema de la masturbación de la noche anterior, y después de charlar un poco, ambos nos retiramos a nuestras habitaciones para estudiar. Hacia las dieciocho decidí darme una ducha para recuperar la vitalidad y despertarme un poco. Evidentemente, como era nuestra costumbre, la puerta sólo estaba entreabierta para que todos pudieran utilizar el baño.

Una vez que terminé, me vestí y me fui al salón a ver la televisión mientras Luca, a su vez, se iba a duchar.

En cuanto terminó de ponerse el albornoz, se acercó y se sentó a un lado.

"¿Qué estás mirando?" Preguntó

"No mucho", respondí.

"un servicio sobre la escuela y la universidad" continué

"Bueno, el servicio que tuvimos anoche fue mejor", respondió Luca, sonriendo.

Yo también sonreí y dije

¡"Luca estoy un poco desconcertada por lo que pasó anoche, nunca me había pasado pero me emocionó mucho y espero que no salga de esta casa! Señalé

"¡Claro que es sólo entre nosotros, no querrás que vaya contando mi mierda sensible por aquí!" Replica.

Me tranquilizó su respuesta, también porque siempre había sido una persona muy fiable.

"Pero, ¿sabes qué?", continuó

"¿Qué?", respondí, empezando a sentir el calor que subía entre mis piernas.

"Pensando en ello, también habrás hecho el resto", continuó.

"Es decir, explica más, ¿te refieres a la escena porno?" Pregunté.

"Exactamente", confirmó Luca.

"Pero se han soplado y se han sodomizado Luca".

"Ya que hemos empezado, podríamos probar el resto", sugirió.

Mi polla se había puesto dura casi de inmediato y, cruzando la pierna derecha, traté de ocultar mi ahora plena erección.

Pero no pasó por alto mi movimiento y preguntó descaradamente

"Ya ha subido, ¿no?"

Me sonrojé pero no pude ocultar la evidencia y confirmé añadiendo

"Luca nunca he tenido una experiencia así, de hecho nunca he pensado en ello y creo que es algo que ni siquiera puedo disfrutar".

Me contestó: "¿Disfrutaste de la paja ayer?".

Con media voz lo confirmé.

"Sólo lo has entendido después de haberlo probado, así que si nunca has probado todo lo demás, ¿cómo puedes decir que puede no gustarte?"

Su discurso fue directo y por enésima vez estuve de acuerdo con él.

Tras mi confirmación, su verdadera intención no tardó en emerger y dijo

"¿Quieres hacerlo ahora?"

Le contesté que era algo difícil de decidir y que se necesitaba tiempo para reflexionar y tomar esa decisión.

Pero él, cada vez más decidido, concluyó diciendo

"No tienes que pensarlo, tienes que hacer lo que sientes en este momento y al verte tan excitado diría que te estás conteniendo".

Una vez más tenía razón y me dejé llevar, acepté lo que mi excitación me sugería.

"¿Cómo empezamos?" Pregunté

"Mientras tanto, desvístete", sugirió Luca.

No me opuse y me quité todo lo que llevaba puesto, dejándome desnudo con la polla recta.

En mi cabeza, mis pensamientos se superponían muy rápidamente y la pregunta que se apoderaba de todo era "¿y ahora quién va a empezar?".

Luca se quitó el albornoz y nos pusimos uno frente al otro con la polla muy dura que empezaba a estar morada y chorreando.

Luca alargó la mano, apretó mi vara y mientras empezaba a manejarla se arrodilló y se llevó mi cabeza a la boca.

Tenía la boca caliente y me la chupaba con ganas.

Después de unos minutos le dije que me iba a correr y se detuvo y dijo

"No puedes venir así, primero tenemos que jugar un poco más".

"¿Y qué quieres hacer?", pregunté.

"Me ocuparé de ello para que puedas relajarte", respondió.

Fuimos a su habitación en la cama de matrimonio y me hizo tumbar, se subió encima de mí en el 69 y me encontré con su polla y sus pelotas a centímetros de mi cara.

"Haz lo que yo hago y disfruta del momento", añadió.

Empezó a chuparme la polla, fue bueno y voraz, bajando hasta la raíz.

Me armé de valor, lo agarré con la mano y me lo llevé a la boca.

Su capilla era enorme, ondulante y tenía un sabor salado.

Intenté metérmela entera en la boca, pero cuando llegué a la mitad sentí la cabeza en la garganta y me detuve.

Nos chupamos mutuamente, jadeando con la boca llena de polla y los humores cubriendo nuestros labios.

Al cabo de unos minutos me levantó las piernas y empezó a lamerme el culo y yo hice lo mismo.

Las primeras caricias desentrañaron mi agujero, luego comenzó a introducirse, y sentí que mi esfínter se relajaba, dejando entrar su lengua.

De debajo de la cama sacó una caja y sin despegarse de mi miembro empezó a juguetear, entonces sólo oí un chasquido y de repente sus dedos cubiertos de lubricante frío empezaron a masajear mi orificio.

Me entregó la botella y yo hice lo mismo con su agujero rojo y ardiente que ya goteaba de saliva.

Sentí que aumentaba la presión en mi agujero y un momento después su dedo corazón se introdujo por completo en mi culo.

Siguió penetrándome, luego con dos dedos, y pensé, gimiendo, que para ser la primera vez que alguien me abría el culo, no estaba nada mal.

De repente, Luca se separó, exclamando con dificultad

"Eso es, quiero desvirgarte, consigue 90.

Me estremecí y pensé que había llegado el momento.

Mientras me preparaba para darle la espalda, Luca lubricó su dura e hinchada polla hasta la raíz, pero prestando más atención a la cabeza.

"Agáchate y abre bien el culo y relájalo". Me ordenó

Hice lo que me dijo y, siguiendo el ejemplo de las mujeres que habían sido sodomizadas por mí, busqué la posición adecuada para que el bate de mi amigo me desflorara el culo.

Sentí su cabeza al rojo vivo apoyada en mi agujero, que enseguida relajé, la presión aumentó y pude sentir cómo el glande empezaba a abrirse paso. Mi esfínter se estaba dilatando, pero el tamaño de aquella vara empezaba a hacerme sentir un poco de ardor y pedí silencio.

Luca aflojó la presión un momento y luego empezó a empujar de nuevo y fueron empujones firmes que de repente hicieron que mi culo se hundiera y sentí un intenso ardor, me sentí abierta, su polla estaba a medio camino.

Se quedó quieto durante unos segundos y luego exclamó con suficiencia

"Vamos que está dentro, te he desflorado el culo y ahora me lo voy a follar".

Sacó su enorme polla y unas gotas de lubricante se mancharon entre mis nalgas y fueron a parar al interior de mi agujero aún ardiente.

Volvió a apuntar su cabeza a mi culo y empujó toda su polla hacia dentro, un gemido salió de mi boca y me costó mucho reprimirlo.

Podía sentir cómo la sacaba hasta la punta y luego la hundía hasta la raíz, y podía sentir sus bolas hinchadas golpeando mi perineo.

Cuando se dio cuenta de que mi esfínter ya no ofrecía ninguna resistencia y el dolor había desaparecido, empezó a golpearme con fuerza y a follarme como se folla un coño grande y húmedo, había atravesado mi culo y mis gemidos estaban llenos de placer.

Estaba jadeando y gimiendo.

Pasaron varios minutos y aquel ritmo machacón disminuyó sólo brevemente, el tiempo necesario para recuperar algo de energía y volver a empezar, pero no duraría mucho.

Luca empezó a jadear y las rápidas caricias se volvieron intermitentes, potentes y profundas.

Comenzó a vaciar en mí una cantidad de semen que no puedo cuantificar, pero que estaba caliente.

Se quedó con la polla plantada hasta los huevos entre mis nalgas durante unos segundos.

Podía sentir esa gran Polla palpitando dentro de mí, luego empezó a retroceder hasta que finalmente dejó mi agujero vacío.

Ardía, era grande y el semen caliente salía sin control, tanto que tuve que correr al baño agarrándome las nalgas y con una mano entre las piernas recoger lo que salía.

Me lavé y me relajé durante unos minutos, volví a mi habitación y le di a Luca exactamente el mismo servicio.

5. Cine Sempione

Todavía recuerdo ese cine rojo, recuerdo la zona, la entrada a la sala, solía ir allí con frecuencia, digamos que todos los domingos, luego alguien me dijo que tuviera cuidado porque había ciudadanos extracomunitarios que te robaban el dinero, así que ya no fui, pero una vez en ese cine tuve una serie de aventuras en una tarde.

Entré en la habitación y me quedé cerca de la entrada para acostumbrarme a la oscuridad, primero debo admitir que soy como un dieseel, no me caliento enseguida pero ese día me encontré enseguida con una persona detrás de mí, sentí que me tocaba ligeramente el culo y luego volvía a subir sus brazos rodeaban luego mi pecho y me acercaba a él, aquí empezó a lamerme usando su lengua como una cuchara, me lamía las orejas mi cuello respiraba su cálido aliento en mis oídos, era muy bueno y yo había empezado a ceder a la hemorragia

"¿Te gusta lo que te estoy haciendo?" Mi respuesta salió débilmente, en señal de rendición.

"Siiiiii me gusta siiii"

"Ven conmigo que lo vas a disfrutar aún más".

Me empujó hacia el retrete, puso un periódico viejo en el borde del retrete y me hizo sentarme, luego sacó su polla, una polla normal digamos de 16x4 y me la metió en la boca, abrí la boca y lamí la punta luego bajé a lamer el tronco lentamente cogí sus huevos en mi boca uno a uno y los lamí y chupé también luego volví a subir y cogí su polla en mi boca, Bastaron unos cuantos bombeos y se corrió en mi boca, me bebí un poco y lo escupí, no me gustó, le hizo una mamada al de enfrente, luego una vez que se corrió el de atrás, todo contento, me dejó allí solo para que me limpiara.

Volví a entrar en la sala, mis ojos ya se habían acostumbrado a la oscuridad y me senté, quería ver la película un rato pero un hombre se acercó a mi lado, era un poco blanco de pelo y con una polla ya en la mano, fingí no darme cuenta pero se acercó a mí y me dijo

"He visto la mamada que le has hecho antes al señor en los lavabos".

"¿Y qué?"

"Vamos, hazme a mí también, te juro que no me voy a correr en tu boca".

Me agaché y le lamí la polla, luego bajé y me llevé sus huevos a la boca, después subí lentamente, pero en cuanto me llevé su polla a la boca, me la sacó de la boca y se corrió.

Me senté a ver la película, empecé a relajarme, y en un momento dado se encendieron las luces, la primera parte había terminado.

Miré a mi alrededor y vi que había movimiento en el fondo de la habitación, pero había una cortina y no podía ver lo que pasaba.

Las luces se apagaron y la película empezó de nuevo y mi deseo volvió a empezar, me levanté y fui lentamente detrás de la cortina y vi que había un chico joven en medio de tres personas de mediana edad, el chico estaba casi doblado en dos, el de atrás se lo estaba follando mientras el de delante le hacía la mamada pero en cuanto el de atrás se corría entonces el de delante se acercaba por detrás y se follaba al chico y otros hombres ofrecían sus pollas al chico, este chico parecía que estaba siendo violado pero pronto me di cuenta de que era el chico el que invitaba a follar.

La escena me excitó y quise unirme al chico, porque había mucha gente ansiosa.

Me acerqué a él y le sonreí, luego me puse en la misma posición que él, los demás no tardaron en comprender que el número de putas había aumentado, enseguida sentí que me bajaban los pantalones y las bragas y que una polla entraba en mí, enseguida comenzó una agradable cabalgada, de vez en cuando éste volvía la cara y me besaba, otro también vino a ofrecerme su polla, Me la llevé a la boca y lamí la cabeza y el prepucio, luego bajé a lamer el eje, pero en cuanto me llevé sus huevos a la boca, soltó un chorro, gimiendo porque él también quería follarme, mientras tanto el que estaba detrás de mí me había inundado, otro saltó y luego otro.

También empezamos a besarnos entre nosotras pasivas, el chico también era ligeramente afeminado, nos besamos mientras las otras descargaban sus ansias dentro de nosotras, mi culo estaba tan inundado que ya no podía sentir las pollas entrar y el chico también estaba como yo; En un momento dado nos dejaron solos, al chico y a mí, nos ayudamos a limpiarnos mutuamente, luego nos dimos nuestros números de teléfono y salimos del cine contentos pero destrozados.

Le llamé al cabo de una semana, pero había cambiado de ciudad y se había ido muy lejos.

Volví a ir a ese cine pero no conseguí lo mismo que aquel día, luego se volvió mal frecuentado y después cerró.

6. En el bosque

Hacía tiempo que me sentía observado. Todas las mañanas, más o menos a la misma hora, daba un paseo de una hora por el bosque que había sobre la casa. Caminaba un rato, me detenía en el lugar aislado de siempre y me abandonaba a mis fantasías. Era un hábito que había adquirido durante un tiempo y, desde que empecé, apenas podía abandonarlo. Había encontrado un pequeño prado, oculto por espesos arbustos espinosos y árboles rotos. Al llegar allí me sentaba un momento a escuchar mi entorno, me quitaba los pantalones y, con el culo al aire, me masturbaba fantaseando. Perdida en mis pensamientos, perdí la pista de lo que tenía a mi alrededor, una pista que volvió a mí cuando, sudando y con el corazón en la garganta, me recompuse para volver a casa. No sé cuánto tiempo llevaba espiándome. Pero un día me fijé en él.

Escondido tras un árbol, me miraba intentando controlar su respiración y tocándose suavemente, a través de los pantalones. La primera vez que lo vi me quedé helada. Mis ojos se fijaron en los suyos llenos de miedo. No sabía qué hacer. Pero su impasibilidad me empujó de alguna manera a terminar lo que había empezado. Al día siguiente estuve indeciso hasta el final sobre qué hacer, pero al final decidí cambiar mi rutina. Así que me encontré moviendo el culo en su dirección cada mañana. Poco a poco nos fuimos haciendo más audaces. Con un dedo salpicado de saliva me penetré el ano mientras él se masturbaba ostensiblemente, gruñendo. Poco a poco, las distancias se fueron acortando. Cada día estaba un paso más cerca de mí. La situación me excitaba terriblemente.

Me encantaba ser observada y saber que ese hombre disfrutaba fantaseando conmigo. Podía sentir su esperma salpicando y cayendo sobre las hojas caídas. Entonces, un día, ese semen cayó como el granizo sobre mí, sobre mi culo, sobre mi espalda. Aquel día volví a casa con la misma sensación, esa que te golpea y te hace dudar de que las cosas que estás pensando hayan sucedido alguna vez, pero el semen seco en los pelos de mi ano no me dejó ninguna duda. Durante algún tiempo las cosas siguieron así. Mi culo estaba siendo lavado con el espeso y copioso semen de aquel desconocido. Y lo disfruté. Pronto empecé a recogerlo con los dedos y a llevármelo a los labios mientras lo miraba. Entonces, un día, empezó a tocarme. Al principio me acarició las nalgas y el ano mientras me masturbaba, luego empezó a darme palmaditas en el culo y lentamente empezó a penetrarme con su gran dedo índice.

Cuando lo hacía sentía que me moría, me encantaba esa sensación, era adicta a ella. Esa fue la mejor parte de mi día. Sentir ese gran dedo, lubricado sólo con saliva, yendo y viniendo en mi culo me hizo estremecerme. Este ritual llevaba ya un mes cuando mi culo acogió por fin su polla. Empezó como siempre. Mientras me penetraba con su dedo yo empujaba mi culo en su dirección. Aquella mañana me sentí acalorada y lo que me estaba haciendo no era suficiente para mí.

Y afortunadamente tampoco para él. Escupió y me penetró una y otra vez hasta que sentí algo nuevo presionando contra mi ano. Era su cabeza, caliente, gruesa y húmeda, forzando lenta pero firmemente su entrada en mi agujerito. Era desgarrador sentir cómo me rompía el culo, pero la excitación era demasiado. Le costó entrar, pero una vez que lo hizo, mi culo tardó poco en acostumbrarse. Me agarró con fuerza por las caderas y empezó a follarme el culo. Pistoneó lentamente, pero profundizó. Nunca me había sentido tan llena. Yo jadeaba mucho y él también. Le oí gruñir con fuerza mientras llenaba mis entrañas con su semilla. Luego, como siempre, se recompuso y se fue. Me quedé allí un rato más, tal y como él me había dejado con la intención de continuar este maravilloso paseo durante mucho tiempo.

7.   Una tarde en el ático

Como vivo en un piso pequeño y no tengo sitio para montar un gimnasio, un día se me ocurrió llevar todo mi equipo al ático del edificio. Como ninguno de mis vecinos vivía allí y hacía mucho calor, empecé a entrenar desnudándome cada vez más hasta que sólo llevaba los calzoncillos. Continué así durante dos o tres semanas, utilizando de vez en cuando este espacio aislado para ver vídeos porno lejos de los ojos de mi mujer.

Una noche, después de terminar mi entrenamiento, estaba tan empapado de sudor que mi ropa interior estaba empapada y se me veía la polla. No sé por qué, pero esa visión me puso cachondo y mi polla empezó a hincharse bajo los calzoncillos mojados, lo que despertó en mí un extraño e inédito deseo de ver otras pollas y, en mi fantasía, quizá nudosas y sudorosas. Así que empecé mi búsqueda que me llevó a una página web gay, allí se me abrió un mundo nuevo por primera vez, todas esas pollas enormes me volvieron loco y empecé a masturbarme.

Atrapado por la excitación, no oí los pasos que se acercaban a la puerta del ático y seguí masturbándome. Abrumada por ese nuevo afán me metí un dedo en el culo y empecé a penetrarme al principio lentamente y luego cada vez más intensamente hasta que me corrí copiosamente, me senté en el suelo a disfrutar de mi orgasmo y cuando me di cuenta de que había alguien era demasiado tarde, la puerta ya se estaba abriendo. Intenté levantarme para cubrirme, pero fue inútil porque me encontré delante de mi vecino G. que me miraba asombrado. De hecho, al intentar levantarme con los calzoncillos bajados, tropecé y el smartphone resbaló hasta sus pies, se inclinó para recogerlo y allí vi que su expresión cambiaba y una sonrisa traviesa se imprimía en su cara.

Nunca ha habido buena sangre entre G. y yo, así que cuando se inclinó para recoger mi teléfono móvil, que había acabado entre sus pies, y tras ver el vídeo que aún estaba en mi móvil, se rió y me dijo

《Hola, P. ¿cómo estás? Veo que le das duro, pero no con el gimnasio》 y después de reírse dijo: 《Siempre me has parecido un poco maricón, pero no creí que te gustara mucho FUCK》 más risas.

En ese momento sólo quería esconderme por la vergüenza, no sabía qué hacer y me quedé en el suelo desnudo con los pantalones bajados y mi polla que a estas alturas se había ablandado y si cabe parecía aún más pequeña de lo que era.

G. me miraba desde arriba, era un toro, musculoso y viril, pero noté que no me miraba con asco, al contrario, vi en su mirada alguna otra sensación. De hecho, en un momento dado, me ofreció su mano para levantarme, y se la di, pero en lugar de ayudarme a levantarme, en un momento dado me cogió por la nuca y me acercó la cara a su paquete, y en ese momento, todavía en estado de shock, me di cuenta de que su polla ya estaba dura. Mientras G. presionaba mi cara contra su polla, me susurró que mientras me masturbaba ante la visión de esas enormes pollas, lo había filmado todo y que si no quería que el edificio y especialmente mi mujer vieran la escena, debía ser muy amable con él.

En ese momento me soltó la cabeza y me dijo que me levantara de nuevo, me levanté obedientemente y me subí el calzoncillo para cubrirme. Sin embargo, G. me detuvo y me dijo que me quedara desnuda. Se acercó a mí y me dijo 《ahora querido mi mariconcito, ya que te gusta el gran calibre te voy a hacer pasar un buen rato》 se bajó los pantalones y se quedó sólo con los bóxers, que sin embargo apenas contenían una polla ahora grande y excitada. En ese momento, me indicó que volviera a arrodillarme frente a él. Así que cuando bajé y acerqué mi cara a su paquete, G. liberó a la bestia entre sus muslos. Me golpeó su polla en la cara e instintivamente aparté la cabeza e hice por levantarme de nuevo, pero G. me cogió inmediatamente y me devolvió con fuerza a la posición anterior diciéndome que no lo hiciera más o me escupiría.

Así que me encontré de nuevo con su polla completamente excitada sobre mi cara. Y fue entonces cuando me di cuenta de lo enorme que era, yo tengo una polla "normal" de unos 14/15 cm, pero la suya tenía al menos 25 cm de longitud, pero sobre todo era cuatro veces más grande que la mía.

Evidentemente, G. se dio cuenta de mis pensamientos y dijo 《¿Te gusta, verdad? No te preocupes, pronto lo probarás. Entonces, sin poder decir nada, me obligó a lamerle la cabeza, al principio me dio un poco de asco y me opuse, pero en un momento dado algo se rompió en mí y mi polla empezó a endurecerse. Esta situación de abuso y violencia me excitó, así que empecé a lamer su monstruosa polla, G. se dio cuenta de que mi pequeña polla estaba en llamas, y me dijo 《Ves que te gusta, sigue lamiendo zorra, sabía que te gustaría mi vara. Casi me da pena hacer disfrutar a una zorrita como tú, pero hoy me siento bien, así que te haré mi zorra》 .

Empecé a chupar la enorme polla de G., que no me daba tregua, me sujetaba por la nuca, follándome la boca cada vez más profundamente hasta que me ahogué. No podía mantenerlo todo en mi boca, pero me abandoné a ese hombre como una puta, intentando que se corriera, pero G. era una furia y no tenía intención de parar tan pronto, de hecho me llenó la boca con su polla durante al menos quince minutos con un ritmo cada vez más intenso. Cuando el cerdo se dio cuenta de que no podía aguantar más, me dio un respiro, haciéndome levantar, miró mi pequeña polla, que ahora estaba ardiendo, y empezó a serrarla, diciéndome que nunca podría tocarme y que sería él quien me daría mi cuota de placer.

Después de esas palabras, pensé que quería masturbarme y que tal vez la relación no sería un camino de ida, pero me equivoqué, de hecho me dio la vuelta y haciendo que me apoyara con sus manos en el banco para los abdominales me puso a noventa grados con el culo a su merced.

G. me dijo que ahora empezaría la diversión, así que empezó a lamerme el culo, con una mano me separó las nalgas y con la otra me apretó los huevos. Su lengua empezó a entrar lentamente en mi agujerito y me produjo una fuerte sensación de placer que me hizo decir palabras inesperadas 《Vamos G. Lame mi culo como si fuera un coño, vamos machácame me siento como una perra en celo soy tu puta...》 en definitiva me convertí en

53

una puta sedienta de su enorme polla. En ese momento G. parado y orgulloso de que ahora fuera su nuevo juguete, me dijo 《tu agujero es estrecho pero ya verás que no te durará mucho》 y se rió, luego continuó diciéndome 《ya verás cómo te va a gustar mi polla, Te llenaré hasta el estómago, y me pedirás que continúe porque eres un marica reprimido que no ha esperado otra cosa que un poste de carne》 y yo por ahora tomado por un afán incontrolable replicó 《si G. Deja que experimente el placer de ser follada por el culo por un hombre de verdad》.

Ante mis palabras, el cerdo de mi vecino me dio varias palmadas en el culo y poniendo su mano delante de mi boca, me dijo 《Vamos zorrita, escupe toda la saliva que puedas, la necesitarás》 y luego otra vez 《No quiero destrozarte el culo, si no, no me divertiré más》.

Entonces empezó a lubricar mi culo introduciendo primero un dedo y luego otro, para que los músculos de mi agujerito se estiraran. Al principio me dolía, pero el muy cabrón sabía cómo hacerlo y empezó a darme placer. Todo parecía tranquilo, cuando sentí una mano en la boca que me impedía hablar y poco después sentí que había colocado su cabeza en mi culo. Fue un momento, sentí que las fibras de mi culo se desgarraban, un dolor impresionante me envolvió y llegó a mi cerebro, intenté gritar y no salió ni un aliento, intenté forcejear pero fue aún más doloroso. G. en ese momento me dijo 《Tranquila que ya se te pasará, cuanto más te intentes resistir más te dolerá》 Después de estas palabras intenté relajarme y realmente me dolió menos, el vecino notó que sufría menos y poco a poco empezó a follarme el culo como si fuera una mujer.

A medida que aumentaba el ritmo sentía que mi culo se mojaba como un coño y así me encontré acompañando sus movimientos intentando que aquel monstruo entrara cada vez más profundo. Cuando G. se dio cuenta de mi placer, se rió y me dijo 《Ya has visto lo que quieres zorra, después de esta tarde no podrás prescindir de una polla en el culo, de hecho creo que ya no podrás satisfacer a tu mujer, tal vez sea ella la que te folle con una gran polla de goma y hasta ahora sólo he bromeado, aún no te la he metido entera》.

En ese momento sacó su gigantesca polla de mi ardiente culo, me dio la vuelta y me tumbó en el banco y dijo 《ahora te voy a follar mirándote a la cara zorra, para que vea cómo disfruta una perra cachonda como tú》 No me resistí y abrí las piernas y me encontré diciéndole 《Vamos, machácame otra vez, quiero disfrutar como la vaca que soy》 No podía creer lo que oía, me llamaba femenina, pero ahora era su perra cachonda. Ante estas palabras mías, G. se escupió la polla, me agarró por los tobillos y me metió la polla entera en el culo de una sola vez. Sentí un dolor insoportable y por un momento podría haber perdido el conocimiento, pero verle agarrarme el culo como un toro semental hizo que empezara a disfrutar de inmediato, le gritaba que no parara nunca, que haría lo que él quisiera, etc. etc., cuando en un momento dado sentí una nueva sensación, y un calor indescriptible se formó en mi bajo vientre y vi que mi polla se corría como un volcán, sin que yo la tocara. Estaba incrédulo al ver que mi pequeña polla se corría gracias a esa fenomenal polla. G. Cuando se dio cuenta de que me estaba corriendo, sacó su pértiga de mi culo y me dijo 《Eres una gran zorra, ¿has visto que al final te he hecho chorrear como la zorra cachonda que eres》 En este momento me montó sobre su pecho lleno de mi semen, La cogió y la pasó por encima de su polla aún bombeada y me dijo 《Fennel boy, ahora te voy a ahogar con mi espeso semen》, así que me acercó su enorme polla a la boca y empezó a embestirla en mi cara mientras la masturbaba, hasta que arqueó la espalda y me gritó 《Me corro, zorra, abre la boca y bébetelo todo》.

Abrí la boca por reflejo y me sentí inundada por un enorme chorro de semen caliente, y luego otro y otro, hasta que no tuve más espacio, cerré los labios y tragué todo aquel líquido caliente, dulce y espeso. En este punto G. estaba finalmente agotado, empezó a calmarse y me dijo en un tono más amable 《qué cojones, eres increíble, el mejor coño que me he follado en los últimos meses,》 yo también recuperé el control de mí misma y le contesté 《he disfrutado como nunca en mi vida, pero ¿por qué hablas de mí en femenino?》 y me contestó riéndose 《simplemente porque serás mi puta a partir de hoy, y te follaré como y cuando quiera, de hecho creo que entrenaremos juntos a menudo》 .

Así que desde aquella tarde en el ático me convertí en la puta de mi vecino, que por cierto también tenía razón en otra cosa. Mi sexo conyugal cambió y por mucho, pero esa es otra historia....

8. La bailarina y el plátano encantado

Bailar... El bailarín se mueve con sus elegantes pasos en la suntuosa sala, todos los invitados le miran fascinados, todos le admiran. Su maravilloso cuerpo se mueve armoniosamente al ritmo de la música. Un físico escultural, rasgos delicados, hermosos ojos azules y labios muy carnosos. Gira, hace piruetas y salta en el aire, es realmente magnífico.

El hijo del emperador, Sebastián, también está viendo la representación y, como los demás presentes, se siente atraído por esta maravillosa bailarina. Sebastián tiene 32 años y gracias a la riqueza de su padre puede permitirse comprar muchas cosas... Desde hace cinco años, Sebastián se siente completamente impotente. Con su mujer Isabella ya no tiene relaciones sexuales a causa de esta disfunción, y ella le mortifica constantemente. Los padres de Sebastián se han puesto en contacto con los mejores consejeros del palacio, pero nadie puede entender el motivo de su disfunción. Sebastián está perfectamente sano, pero... su plátano no quiere saber cómo cooperar, simplemente se queda ahí, apagado como si no tuviera vida.

Isabella siempre ha sido una chica agria, egoísta y oportunista. Se casó con Sebastián por conveniencia, el clásico matrimonio concertado. Su padre es un rico propietario de pozos de petróleo, y el matrimonio habría aportado más riqueza a las familias. Sólo piensa en el dinero, desde el día en que no pudo tener relaciones sexuales con su marido, se negó a dormir en la misma cama, cambió inmediatamente de habitación. Eligió una habitación propia, grande, bonita y luminosa, donde pudiera dar rienda suelta a sus deseos. Isabel eligió en secreto un grupo de amantes personales que venían a satisfacerla en todos los sentidos, cuando Sebastián no estaba con ella, es decir, por la noche, con el consentimiento tácito del emperador. Por tanto, Isabel es una mujer rica, pero sólo en dinero, y por derecho le corresponde también la mitad de la riqueza de su marido. Ella también está presente en el suntuoso salón y también se fija inmediatamente en la belleza de la misteriosa bailarina. Ella lo quiere como su otro juguete personal...

También está la familia de Sebastián, su madre, Giselle. Su padre, el Emperador, y la hermana de Sebastián, Aurora.

El baile ha terminado, el bailarín está agotado, y se queda de pie con su hermoso cuerpo, todo sudado. Con una reverencia se despide de los presentes y se dirige a su camerino. Aplausos y más aplausos resuenan en toda la sala incluso después de que el hombre misterioso se haya marchado. A Sebastián le gustaría en su corazón volver a verlo actuar, algo ha hecho clic en él, su mujer también lo quiere. Isabella ordena que el bailarín tenga que actuar en un espectáculo privado delante de su familia el próximo sábado.

Los días pasan y el sábado se acerca. Isabella quiere más, ordena en secreto que lleven a la bailarina a su habitación.

Es de noche, la bailarina está dentro de la habitación, justo delante de Isabelle. Ella, sin demasiadas palabras, deja que su fino vestido se deslice hasta el suelo y descubre todos sus pechos, su sexo y su culo a la vista de la bailarina: ¡ahora eres mía, fóllame! - dice sin miedo, tumbándose en la cama y abriendo las piernas con una mirada traviesa. La bailarina, un poco desconcertada, respondió: "Lo siento, señora, no puedo satisfacerla". Isabella, al oír esas palabras, se puso oscura y furiosa e inmediatamente ordenó a la bailarina que abandonara el edificio.

Ha llegado el sábado, esta vez sólo Sebastián y su familia están allí para ver a la bailarina, Isabelle se sintió repentinamente mal y no pudo venir. Esta vez el espectáculo es privado, al igual que la última vez es fantástico, el bailarín expresa lo mejor de sí mismo, muestra todo su talento, con sus formas tan bonitas y bien definidas haría que muchos quisieran bailar. Una vez que el bailarín ha terminado, se inclina ante el público. Sebastián aprovecha para hablar con él - Me gustaría hablar contigo, en privado, esta noche - le dice Sebastián y le deja en secreto una nota con su número.

Llaman a la puerta, es la bailarina, llevada en secreto por segunda vez al interior del palacio, pero esta vez a la habitación de Sebastián,

---Gracias por venir --- dice Sebastián, ---pero tú... Continúa Sebastián, pero tiene que interrumpir. El bailarín se acercó a él e inmediatamente le puso la mano en la cadera, se miran a los ojos, hay un entendimiento, Sebastián se acerca y besa al bailarín, un beso profundo. El bailarín se baja el pantalón de Sebastián y saca el plátano, Sebastián empieza a decir --ver...-- ---shhhhhh-- el bailarín le interrumpe y pone sus labios en el plátano de Sebastián, con su lengua empieza a hacer movimientos rítmicos y empuja el plátano de Sebastián hacia su garganta. En ese momento ocurre un milagro, el plátano de Sebastián después de 5 años se revitaliza como por arte de magia, se vuelve muy duro, grande, majestuoso, enorme. Un plátano digno de un futuro emperador. Sebastián está incrédulo: después de 5 años su plátano encantado ha vuelto a funcionar.

Mientras tanto, Isabella, intrigada por el extraño ruido que ha oído en la habitación de al lado, ha decidido ir a espiar, sin que se den cuenta consigue abrir ligeramente la puerta, y así puede ver al bailarín empeñado en hacer un trabajo de boca en el plátano de Sebastián. Los dos, demasiado excitados para darse cuenta de la intrusión, continúan hasta que Sebastián, en el punto álgido de su excitación, libera un río blanco de esperma de su plátano, todo en la boca del bailarín que traga todo lo que puede sin ahorrarse nada. Isabella, asqueada al ver esa escena, aprovecha para vengarse y siempre hace fotos a escondidas con su teléfono móvil.

A la mañana siguiente hay un ambiente tenso en el palacio real. El emperador está furioso, Isabel ha revelado todo lo ocurrido la noche anterior y ahora exige el divorcio inmediato, Giselle está llorando y Aurora intenta calmar a su padre. Isabella consiguió lo que quería. La venganza. Esa misma noche, el emperador repudia a su propio hijo, --vete, ya no formas parte de esta familia-- le grita en tono amenazante. Sebastián se ha quedado sin nada.

Giselle, mientras Sebastián se prepara para abandonar el palacio, le dice con lágrimas en los ojos: guarda un regalo para el futuro, y le da dos grandes lingotes de oro para que los esconda en su maleta.

Sebastián se encuentra con la bailarina, esta vez el encuentro es en una habitación más pobre, lejos del palacio real, se besan, se abrazan y hacen el amor. Sebastián posee el maravilloso cuerpo de la bailarina, entra dentro de él, lo insemina, se funden juntos, se chupan, intercambian su líquido entre ellos, los dos plátanos finalmente lo celebran con alegría, ahora Sebastián es finalmente feliz, los dos se dirigen hacia el aeropuerto. Tomarán un vuelo, han decidido, un viaje de ida a la felicidad.

Mientras tanto, Isabelle se volvió a casar inmediatamente con uno de sus muchos amantes secretos, Luca, el padre de Luca es un rico propietario industrial. Y todos vivieron felices para siempre.

9. La bella y la bestia

Érase una vez, en una tierra lejana, un valiente caballero llamado Arturo. Llevaba su armadura siempre brillante, su espada y su escudo... Todas las damas cayeron rendidas a sus pies en cuanto lo vieron, Arthur era todo un galán. En un duelo mostraba valor y siempre luchaba como un león en cada batalla, era respetado y temido por todos sus oponentes. Galopó orgulloso en la silla de su corcel, siempre a la cabeza de sus hombres, por las remotas praderas de aquellas tierras.

Una nueva batalla se acercaba, esta vez Arturo tendría que ir hacia el este, hacia las tierras inexploradas para realizar nuevas conquistas...

Él y sus hombres se pusieron en marcha y en cuatro días de cabalgata llegarían a su destino. Al tercer día, al atardecer, Arturo no se dio cuenta del peligro inminente, el caballo se desbocó y arrojó a Arturo del caballo y cayó al precipicio. El último recuerdo de Arturo fue el de sus hombres gritando por él.

Se despertó en medio de la noche en la oscuridad que le rodeaba, sentía que estaba en un lugar cerrado, húmedo, pero no entendía dónde exactamente, no podía ver casi nada a su alrededor, con sus manos sólo podía sentir cosas duras y frías, como piedras. Arturo se tocó las piernas, estaban todas vendadas, no podía moverlas, también tenía vendas y envoltorios en el resto del cuerpo... oyó una voz, una figura se movía, Arturo no podía verla bien, pero seguramente por lo poco que podía adivinar era enorme... Arturo estaba aterrorizado porque no podía moverse. No podía entender la voz de aquel enorme ser, ni siquiera estaba seguro de si era humano o animal... La enorme figura le entregó un cuenco de agua y pronunció otras palabras incomprensibles.

Llegó la mañana y con ella la luz, Arturo pudo por fin ver y enseguida se quedó helado de miedo de nuevo al ver a la bestia por primera vez. Para ser humano era humano, pero era enorme. Un hombre negro enorme, como el carbón, de casi dos metros de altura con enormes músculos, imponente, cubierto sólo por una especie de calzoncillo de lona en la entrepierna y que caminaba tranquilamente descalzo sobre las rocas de la cueva. Sí, Arturo había sido llevado a una cueva y medicado. Pasaron meses y Arturo aprendió a comunicarse mediante gestos, ya que no entendía el lenguaje del behemoth.

Ahora Arturo estaba casi curado, sólo cojeaba de una pierna, pero aún era demasiado pronto para salir de la cueva, pensó. Decidió quedarse unas semanas más. En la cueva, a Arturo no le faltó nada para sobrevivir, su oficial al mando le llevó agua y comida, que luego cocinó en el fuego. Sin embargo, día tras día, Arturo sintió la necesidad de algo diferente. Un día, cuando el imponente hombre se había ido a buscar comida, Arturo empezó a tocarse ahí debajo, empezó a masturbarse, era un acto liberador. Unos días más tarde, el deseo volvió a surgir cada vez con más fuerza y Arturo no pudo resistir más y tuvo una idea.

Quién sabe lo dotado que está el grandullón, pensó, aquí en la cueva nadie me verá si juego un poco con él, lejos de miradas indiscretas podría divertirme. Y así lo hizo, cara a cara con el behemoth, puso la mano en su paquete y comenzó a poner la otra mano en la del behemoth. Arturo tenía razón, su mano agarró algo inhumano, enorme, como la de un caballo de carreras. A estas alturas ya se había decidido, quería desahogarse, así que le devolvió el favor, creo que Arthur, sacó de esa especie de calzoncillo rudimentario el pene del grandullón, que no parecía estar molesto, y empezó a serrarlo suavemente con la mano, el grandullón empezaba a ponerse duro, quizá demasiado, Arthur no se detuvo, había provocado al grandullón.

Arturo quiso averiguar a qué sabía el behemot y empezó a chuparlo, era tan grande que apenas podía meterlo, un pene así en su culo virgen lo demolería, pensó, no le dejaría hacer eso, siempre pensaba. El grandullón se estaba excitando, agarró la cabeza de Arturo y empezó a introducir su enorme pértiga en su pobre boca, Arturo estaba a punto de atragantarse, como caballero acabé haciendo mamadas a los cavernícolas pensó. El behemoth estaba cachondo y detener a un behemoth cachondo es como intentar detener un tren a toda velocidad... El grandullón agarró a Arturo y lo hizo girar sin esfuerzo y... Antes de que Arturo pudiera objetar sintió que un rayo gigante le entraba por el culo, como si le hubieran clavado un brazo entero, ni siquiera pudo gritar pero emitió un grito ahogado, el behemot estaba satisfecho, siguió bombeando a Arturo hasta que el caballero se sintió inundado por dentro, el behemot le había llenado...

Arturo salió de la caverna, todavía cojeando y con el trasero ardiendo, pero absolutamente satisfecho. A lo lejos vio a unos hombres que se acercaban a caballo, quizá fueran sus hombres....

10. Mi boda en Suiza

Hacer el amor es lo más hermoso del mundo, un don divino que debemos aprovechar hasta el último momento de la vida. Creo que muchos estarán de acuerdo conmigo en esto. la historia real que os voy a contar, se remonta a muchos años atrás, como todas las historias que estoy publicando, extractos de mi diario personal, un diario que la mayoría de nosotros, tiene al menos una vez en la vida, y me imagino que escrito. Especificando que, sin mi madre, nunca hubiera podido expresarme lo mejor posible como Mujer, en todo lo que he hecho en muchos años. En más de veinticinco años, he combinado todo tipo de cosas, queriendo experimentar con mil cosas diferentes, donde mi caballo de Troya me llevó.

A veces incluso me metía en problemas por la ligereza con la que me complacía. Como, por ejemplo, la vez que acabé emigrando a la cercana Suiza, para casarme con un hombre. sí... lo entiendes muy bien, al final me casé. obviamente no en nuestro país, lo que llevó a cancelar todo el asunto, una vez cruzado el umbral de la frontera suiza. en aquella época, los matrimonios homosexuales en Italia aún no estaban legalizados, y si querías casarte con alguien del mismo sexo, tenías que mudarte necesariamente. mientras que hoy puedes casarte incluso entre hombres o mujeres en Italia.

Así conocí a mi futuro marido Mauro, en una de mis muchas aventuras sexuales. como repito, mi condición de puta siempre me llevó a conocer hombres maduros allá donde iba. afortunadamente, alguien como yo, nunca ha tenido problemas para encontrar hombres dispuestos a follar conmigo. La cuestión es que no lo hice para satisfacer mis ansias como podríais pensar, no, lo hice por Amor, o al menos creí haber encontrado mi dirección sexual, el amor sano y limpio que puede existir entre un hombre y su mujer. Puedo decir que me he enamorado una vez al día en veinte años.

¿Qué encontré en Mauro que no tuvieran los otros hombres? No sabría decirte. Pensaba que todos los hombres eran iguales, en ese momento uno era tan bueno como el otro para mí. Me daban placer, yo les correspondía, era mutuo, y por eso siempre tuve un fuerte conflicto con mi madre, apenas podía aceptar que tuviera sexo para satisfacer mis deseos, pero saber que me enamoraba del desconocido en el acto era demasiado para ella. obviamente no la escuchaba, siempre actuaba por instinto, y si me gustaba un hombre, tuviera cincuenta o setenta años, me daba igual.

Conocí a Mauro, un hombre guapo de unos sesenta años apasionado por las bellas viajeras como yo, una noche durante una de mis habituales salidas de verano. Después de vaciar sus pelotas en mi garganta, y tragar hasta la última gota de su semen, estuvimos hablando un buen rato, viendo que teníamos muchas cosas en común, nos gustaban las mismas películas, hacer las mismas cosas, el sexo, la comida y otras cositas, pero que fueron realmente fatales para ese encuentro.

Salimos durante un tiempo, le hice venir a mi casa e hicimos el amor durante tardes enteras en mi gran cama de matrimonio. Disfruté volviéndole loco de celos, no perdía la oportunidad de engañarle con el primer chico que se me acercaba. Una tarde, cuando me había olvidado por completo de que venía a mi casa, me pilló in fraganti, mientras me forzaban dos mulatos del servicio de reparto a domicilio. Le había dado a Mauro un duplicado de las llaves de mi casa, para que pudiera venir a verme cuando y como quisiera, mi casa ahora también era un poco suya, ya que ahora estábamos juntos. Aquella tarde había olvidado que tenía que venir a verme después del trabajo, ya que a su edad seguía trabajando. Tal vez sea mejor decir que las dos mulatas que me hacían un buen servicio a domicilio me habían hecho olvidar que mi futuro marido venía a verme.

Así que, cuando el pobre entró en casa, convencido de que iba a darme una sorpresa, al llegar al dormitorio se llevó la sorpresa él mismo. A lo perrito en medio de la cama grande, en ropa interior, con un chico mulato bombeando en mi culo, a horcajadas sobre mí, y el otro manteniendo mi boca ocupada. Así es como el hombre me encontró en su entrada. Lo vi, pero sin alterarme, insinué una sonrisa con la polla del negro en la garganta. Los dos chicos ni siquiera se molestaron por esa intromisión, continuando con su deber sobre mí. Mauro se lo tomó muy bien, por supuesto, sabiendo de mis costumbres poco proclives a la fidelidad, por otra parte, él mismo me había conocido y recogido en la calle.

Se sentó en el borde de la cama y disfrutó del espectáculo, animando a las dos mulatas y animándolas a que me follaran por completo. Mauro permaneció allí en silencio hasta que los dos vaciaron sus pelotas dentro de mí, inundándome completamente de esperma caliente.

Sólo entonces se levantó para aplaudir irónicamente, incluso haciendo cumplidos a los dos tímidos chicos desnudos, que mientras tanto ya se estaban acomodando para alejarse rápidamente. También les agradecí la intervención en casa, y me despedí de ellos todavía con el esperma chorreando de mi barbilla y de mi culo. En ese momento, Mauro se acercó a mí y me besó en la boca, que aún estaba manchada de esperma, y me dijo: "Si tu madre te viera, le daría un ataque. Mauro era un hombre abierto, le parecía bien que me follara a otras personas, sólo se cabreaba si no le decía las cosas bien, ya que estaba con él, aceptaba el engaño pero no la traición del corazón, eso tenía que ser sólo suyo. Le confié que eran dos tipos que habían venido a repartirme las pizzas, ya que mi culo me lo pedía a gritos, y él estaba en el trabajo... No añadí nada más. El hombre me abrazó con ternura, diciéndome que me aceptaría tal y como era, como siempre me decía, lo importante para él era lo que yo sentía emocionalmente, que le quería y no fingía con él, por lo demás se adaptaría a mis costumbres. Fui al baño a arreglarme, y él se quedó en la puerta mirándome, hablamos un poco sobre nuestro futuro juntos.

Me lo tomé como una de sus habituales bromas estúpidas, pero vi que no se reía en absoluto. La idea de tener por fin un marido me excitaba muchísimo. Hablamos de ello durante mucho tiempo, y finalmente acepté la locura de la propuesta.

Mamá tenía que saberlo enseguida, le dije, y el hombre accedió a llamarla por teléfono para anunciarle el histórico acontecimiento. En realidad era algo absurdo, nunca en mi vida habría pensado en casarme, con un hombre que podría haber sido mi padre. La locura siempre ha sido el principio rector de mis absurdas aventuras, así que hacia la noche, antes de que el hombre se fuera, cogí el teléfono y llamé a mi madre. Marqué el número de mamá y, mientras esperábamos que sonara el altavoz, le pregunté al hombre cómo creía que se lo tomaría.

Cuando mi madre por fin contestó, las dos nos despedimos y fuimos directamente al grano. "Mamá, me voy a casar con Mauro y esta vez vamos en serio", le dije a bocajarro, sin darle tiempo a responder. Añadí que, dijera lo que dijera, seguiríamos casándonos. Estaba decidido y no había vuelta atrás. El hombre le explicó que nos íbamos a casar en Suiza por razones obvias, ya que en Italia todavía no se permitían los matrimonios de ese tipo. Pero que queríamos volver a casarnos en Italia cuando pudiéramos, una vez que la ley nos lo permitiera. Hay que decir que mi madre, como siempre, aceptó a regañadientes la situación, después de haber contestado en vano, ya que no podía hacer otra cosa. Pero añadió que ella también quería estar presente y que así fuera, le contesté.

Ella me acompañaría al juez de paz para las firmas. Obviamente, nos casábamos en una comuna, no en una iglesia, así que todo era posible. Estaba decidido, cuando el hombre se fue, me pasé la noche al teléfono con mamá, planeando todo, estaba tan excitada, me masturbaba constantemente por teléfono con ella y le hablaba de que por fin podría tener un hombre a tiempo completo para satisfacer todos mis antojos en la cama. Era una oportunidad única en la vida, y mamá esperaba que la experiencia me ayudara a madurar y a poner la cabeza en orden. Se equivocó como siempre. Me moría de ganas de llamar a Mauro Marido, para cornearle en cuanto pudiera sin vergüenza. Era terrible, podía pensar en una cosa y hacer mil. Por último, a partir de ahora, si me hubiera sorprendido dándole una patada en el culo a otra persona, podría haber dicho la famosa frase: "DIOS, MI CASADO".

Según lo acordado, nos fuimos a Suiza hacia el mes de julio, exactamente 20 días después de anunciárselo a mi madre, y créeme, fueron los 20 días más largos de mi vida. Estaba contando los días con la impaciencia de un niño que espera los regalos de Navidad. Al final, tal y como se había acordado, mamá llegó a Milán desde el Véneto, donde vivía, en tren, Mauro fue a recogerla a la estación en coche y la trajo a nuestra casa. No hace falta decir que tener a mamá cerca de mí en esos días aumentó mi trojanismo, y los pocos días que nos separaron de la partida hacia Suiza, la volví loca. Mauro venía a visitarnos todos los días regularmente, como tenía las llaves, ni siquiera tenía que anunciarse, simplemente pasaba y entraba en la casa.

Me había prometido ser buena mientras mi madre estuviera con nosotros, pero aun así, no dejé pasar la oportunidad de hacer una de mis guarrerías diarias.

Una mañana, por ejemplo, hacia la hora de comer, les pedí un par de pizzas por teléfono, y cuando llegó el repartidor, le hice subir y le esperé como siempre con la puerta abierta medio desnuda, con sólo mi ropa interior puesta. Cuando llegó el chico mulato, no perdí el tiempo, me puse de rodillas ante él, y sin dejarle entrar en la casa, allí en la puerta, a riesgo de que me pillara algún vecino que saliera, le chupé la polla. No fue un vecino quien nos pilló, sino mi madre. Arrodillada para masturbarme con las piernas abiertas, en ropa interior, mientras el mulato, con los pantalones bajados, me metía en la boca su preciosa polla larga y dura.

Mamá entró en cólera, por supuesto, y consiguió poner en fuga al pobre hombre, pero no antes de que me llenara la garganta de esperma caliente. Tranquilicé a mamá, diciéndole que le conocía y que a menudo le hacía esos pequeños servicios entre partos. Los conocía bien, eran buenos chicos. Evidentemente, mamá no aceptó ese tipo de explicación y me recordó que estaba a punto de casarme. En ese momento tuve que explicarle a mi madre que Mauro también estaba consintiendo lo que yo hacía. Amaba a Mauro y quería que fuera mi marido a toda costa, pero eso no habría impedido que me siguiera rompiendo con quien yo quisiera. Ya no sabía qué hacer conmigo, era ingobernable y había perdido toda esperanza de conseguir que me comportara correctamente.

Después de ese episodio, traté de enderezarme, aunque siguiera haciendo de putita con Mauro delante de ella. Dentro de un tiempo nos íbamos a casar, y entre marido y mujer es normal hacer el amor, aunque no sea delante de la futura suegra.

Yo era incontenible y, cada vez que podía, me burlaba del hombre, que por su parte, hay que decirlo, trataba de mostrarse lo más serio y educado posible delante de mi madre, quizá para demostrarle que era un hombre serio. A estas alturas él y mi madre ya se tuteaban, al fin y al cabo estaban a punto de convertirse en parientes, era justo aliviar la tensión y acercar la distancia. Era mi madre la que quería ese vínculo, y una noche Mauro decidió quedarse a dormir, vivía solo y al día siguiente empezaba sus vacaciones de verano. Aquella noche, tenía un deseo absurdo, debía ser el calor, no sé cómo explicarlo, sólo quería hacer el amor, Mauro debía leer mi mente. Estábamos los tres sentados en el sofá del salón viendo la televisión, Mauro y yo estábamos uno al lado del otro, y mi madre estaba un poco más lejos de nosotros, todavía sentada en el largo sofá.

Yo estaba en bikini, dado el calor, había decidido estar cómoda, y cubrirme lo menos posible. a pesar de que el ventilador estaba encendido, yo sudaba mucho, Mauro llevaba bóxers y el pecho desnudo. mi madre llevaba un vestido largo y ligero con botones sin mangas, sus habituales gafas grandes en la nariz, los brazos cruzados, las piernas cruzadas. El hombre tiró de mi larga melena hacia un lado, y me besó con su lengua en la boca, abrazándome fuertemente. estaba más cerca de mi madre que yo, enseguida metí mi mano dentro de sus calzoncillos, y saqué su polla, ya dura y recta. me dijo que bastaba con estar cerca de mí, para que la sacara, le tomé la palabra. empecé a masturbarlo lentamente, subiendo y bajando con mi manita de uñas largas y bien pulidas, con cuidado de no hacerle babear. Hizo lo mismo, sacó mi gran polla de la braga del bikini y empezó a masturbarme.

Todo ello con mi madre a mi lado, que obviamente fingía ver la televisión, pero en realidad, de reojo, nos miraba de vez en cuando. De repente, me separé de sus labios calientes, me incliné sobre él, y abriendo bien la boca, apartando aún mi largo pelo de la cara, me metí su duro palo en la garganta, mirando a mi madre por el rabillo del ojo. Ella siguió fingiendo indiferencia, manteniendo la mirada fija en el televisor, mientras yo seguía moviendo la cabeza de arriba abajo, sin dejar de mirarla. Quería ver cuánto tiempo fingiría indiferencia, sin decir nada. La estaba provocando, me di cuenta, era realmente pesada, pero mamá estaba impasible. En ese momento, agarré los calzoncillos del hombre por los lados, arrancándolos a la fuerza, haciendo que se quedara completamente desnudo a su lado. Fue él quien finalmente se las quitó por completo.

Volvimos a besarnos, abrazados y sudorosos. Era un hombre guapo para su edad, Mauro, he de reconocerlo, y verlo desnudo junto a mi madre me excitaba enormemente. Al no ver ninguna reacción por su parte, me decidí y me puse de pie, quitándome la braguita del bikini, quedándome sólo con el sujetador, cara a cara con mi hombre, arrodillándome con las piernas abiertas, me senté lentamente sobre él. En ese momento, antes de que su hermosa polla se introdujera en mi culito, que estaba bien abierto, Mauro se volvió hacia mamá y le susurró: María... no te importa, ¿verdad? Mamá, por su parte, hizo como que se caía del guindo, y finalmente se volvió hacia nosotros, viéndonos bien, y nos contestó textualmente: "Hadas, Hadas, ya lo he visto todo, al menos tened cuidado de no hacerle daño con esa cosa de ahí". Dijo, dirigiéndose a él. Mi querida mamá, al ver que Mauro estaba bien dotado, se preocupó por mi culito.

En ese momento, le sonreí, enviándole un beso con la mano, mientras Mauro le respondía de la misma manera: no te preocupes, ya lo hemos hecho otras veces, le dedicó una sonrisa irónica, que a mamá no le pasó desapercibida. Dicho esto, me dejé llevar por completo por él, que me acogió entre sus fuertes brazos, sujetándome por las caderas con sus grandes manos, mientras su hermosa polla se deslizaba poco a poco, también por el sudor de mi interior, sin hacerme sentir el más mínimo dolor. Suspiré dos veces mientras se deslizaba hasta el fondo. Abrí bien las piernas y empecé a saltar, arriba y abajo, subiendo y bajando de sus rodillas, sostenida por mis caderas por él ayudándome en mis movimientos. Hacer el amor a dos centímetros de mi madre era siempre muy excitante, aunque ella fingía no mirarnos, creo que no era precisamente impasible, tenía que comportarse seriamente, no podía hacer otra cosa.

Pensando en ello hoy, tengo que decir que Mauro era muy tierno conmigo, siempre era amable, y follar con él era algo bueno y correcto, no una vulgaridad sucia. Ese hombre me quería de verdad en el fondo, por haber aceptado hacer conmigo todas esas cosas que hicimos juntos, desde la boda improvisada hasta todo lo demás. Me satisfizo en todo mi amor. Incluso ahora que follaba junto a mi madre, podía hacerlo sin vulgaridad, sin suciedad. Tuvo un mérito enorme, debo reconocerlo. Mientras lo montaba, con los brazos alrededor de su cuello, de vez en cuando me tiraba del pelo largo, pegajoso y húmedo a un lado para besarme, mientras bombeaba su polla dentro y fuera de mí. Era un amor de hombre, el hombre con el que me casaría en Italia algún tiempo después.

Pero para nosotros, las cosas iban a ser diferentes, no estábamos destinados a durar mucho tiempo juntos. Hacía calor, y pronto empezamos a cansarnos, el ventilador soplaba aire caliente, tal vez fuera la excitación, el calor o el cansancio, pero el hombre que normalmente tenía una buena resistencia, se corrió al cabo de unos minutos, llenándome el culo con un suspiro. Me sonrió y me dijo que hacía demasiado calor, que jadeaba y le faltaba el aire, me levanté y le dejé ir al baño para que se refrescara. Mientras seguía con el semen goteando en el suelo desde mi culo, miré a mi madre, por fin no disimuló más, y volviéndose hacia mí, me lanzó una pequeña broma: "Estás goteando en el suelo cerdo", dijo, cogiendo una toalla de papel. Me acerqué a ella, y dejé que me limpiara el culito chorreante de semen.

La oportunidad era demasiado buena para ella, y le hizo una de sus habituales bromas: "con algo tan grande, no lo disfrutaste mucho... al menos deberías haber elegido un marido más joven y resistente". Me lo tomé como una de sus bromas irónicas, y sonriendo mientras me limpiaba los restos de esperma de mi culo abofeteado, le contesté en tono: "cada vez que me la meto dentro me muero, no te preocupes querida, lo compensaremos pronto, en cuanto nos casemos escucharás la música".

Dejé a mamá, yendo a reunirme con mi hombre en el baño, para asegurarme de que estaba bien, y por supuesto para contarle lo que acababa de escuchar de mi madre. Incluso el hombre estaba un poco sorprendido, normalmente mamá no se expresaba de esa manera, Mauro me besó en la boca y me tranquilizó: "Sólo estoy un poco cansada amor, este calor me está agotando.

En cuanto nos casemos, este hermoso culo se convertirá en un túnel cuando acabe, y haremos que tu madre se coma lo que acaba de decirnos, ya verás", fueron sus palabras, palmeando mi culo. Nos reímos y terminamos la velada junto a mamá en el salón viendo la televisión como personas civilizadas y sin hacer ninguna otra guarrada. Por fin llegó el tan esperado día. Ni que decir tiene que yo era un concentrado de nervios tensos mezclados con emoción. Apenas recuerdo el viaje que hicimos a Suiza, ya que me pasé la mayor parte del viaje discutiendo con mi madre por el traje demasiado escotado que había elegido llevar ese día.

Me había puesto mis habituales medias negras de rejilla con medias al muslo, una minifalda vaquera tan suelta que dejaba ver la mitad de mi culo. Un top negro escotado, bajo la ropa interior negra, un sujetador con copas y un tanga. En los pies, dos cuñas atadas como esclavas, con esos cordones entrelazados en los tobillos. Según mi madre, por lo menos, iba vestida como una puta callejera, demasiado llamativa, según Mauro estaba locamente sexy, y en mi opinión, estaba perfecta. con unas gafas de espejo sobre la nariz, el pelo largo suelto entre los hombros y la espalda, estaba preciosa. Como siempre, mamá tenía algo que decir al respecto.

Finalmente llegamos, aparcamos el coche y entramos en el ayuntamiento para buscar al alcalde. El alcalde, un tipo extraño de unos cincuenta años, vestido como un lord inglés y con una cara de bofetada, era un viejo conocido de Mauro, por lo que nos facilitó las cosas cuando mi hombre le preguntó si podía casarnos. El alcalde, al que oí llamar Alfio (un nombre que ya despertaba la ironía en sí mismo), nos llevó a su despacho, dirigiéndome constantemente miradas extrañas. Creo que se sentía más incómoda por mi aspecto que por estar allí para presenciar la boda.

No hice caso, firmé todos los papeles que nos presentó el alcalde, recordándonos, como ya sabíamos, que el acuerdo matrimonial sólo era válido en el estado suizo donde nos encontrábamos, una vez de vuelta en Italia, el acuerdo ya no era válido. Mauro aprovechó la ocasión para arremeter contra mi madre, y dijo, dirigiéndose a mí, y luego a ella: "Significa que pasaremos nuestra luna de miel aquí en Suiza, como marido y mujer, si mi madre no tiene nada en contra...".

Mamá, que parecía más nerviosa y molesta que de costumbre, contestó con su habitual ironía: "por el amor de Dios, no quiero arruinar el momento". Dicho esto, el alcalde nos declaró marido y mujer, con los poderes que le corresponden y bla, bla, bla. Nos besamos delante del hombre, mientras mamá, cada vez más incómoda, tosía para hacernos entrar en razón, ya que nos estábamos extendiendo demasiado. Por fin tenía un marido de verdad, ahora era una dama y estaba en el séptimo cielo. Salimos del ayuntamiento abrazados con mi madre a cuestas, y nos dirigimos directamente al restaurante para comer algo, ya que se hacía tarde, y mi estómago gritaba.

Dado el periodo estival, encontramos poca gente y muchos lugares cerrados. Mauro nos señaló que había estado varias veces por allí por motivos de trabajo, y que siempre estaba semidesierto. Comimos, o quizás debería decir que comieron ellos, ya que yo estaba demasiado emocionada para pensar en hinchar el estómago. Tomé una pizza alla diavola, que ni siquiera terminé, dejándoles más de la mitad, un par de cervezas frías y ya está, Mauro también tomó una pizza napolitana con cervezas adjuntas. mi madre en cambio, aprovechó a comer pescado.

Charlamos sobre esto y aquello en la mesa, notando que había algunos hombres un poco más lejos, en otra mesa, que no dejaban de mirarme insistentemente. Los caballeros parecían sentirse atraídos por mi feminidad, o quizás por mi ropa, y yo les devolvía la mirada, sonriendo.

Mi madre opinó, avergonzada por la forma en que había salido, y me llevó de vuelta bruscamente para que al menos me comportara con seriedad. Llevaba toda la mañana dándome la lata, pero al final fue Mauro quien suavizó la situación, diciendo que, en su opinión, yo no era nada vulgar, quizá un poco llamativa pero desde luego no vulgar, y que mi madre no debería reprimir siempre mi feminidad. Después de comer, decidimos dónde pasaríamos los próximos días, pero desgraciadamente teníamos que volver a Milán. mamá volvería a su casa en el Véneto dentro de unos días, y esta vez tendríamos que llevarla en coche. no tenía ganas de coger el tren. Era una mujer de cierta edad, y tenía sus molestias.

Mauro la tranquilizó, la habríamos traído de vuelta a casa, y luego nos habríamos ido solos de luna de miel. Cuando por fin volvimos a Milán, como cualquier marido que se precie, quiso revivir la tradición, cogiéndome en brazos, me hizo cruzar el umbral de la casa, con mi madre que al menos ahora parecía más relajada y tranquila. Le recordé a mi marido lo puta que era su esposa mientras nos dirigíamos al dormitorio, no esperé más, le desnudé en el acto, mientras él me ayudaba a quitarme las cuñas superiores y la minifalda, y me quedaba en ropa interior.

Estaba tan desesperada por hacer el amor que, si hubiera esperado un segundo más, habría estallado. Mientras tanto, mamá se había ido al salón a ver la televisión, como de costumbre, dejándonos solos en el dormitorio.

Pero quería compartir ese momento con ella, ya que se iba a marchar pronto. Quería hacer las paces después del enfado en Suiza.

No quería verla llegar a casa con la cara larga. Cogí al hombre de la mano, tirando de él a la fuerza y arrastrándolo al salón desnudo, con la polla dura y recta. Nos presentamos delante de mamá, y le recordé las palabras que me había dicho unas noches antes de la boda, cuando Mauro no me había satisfecho bien. Ahora que el hombre estaba por fin bien, quería demostrarle que Toro da Monta era mi marido, no un viejo de sesenta años.

Nos colocamos junto a ella en el largo sofá, en la misma posición que la última vez, él se sentó con las piernas cerradas y la polla dura y recta, yo me coloqué a horcajadas sobre él, cara a cara, abrí mis piernas flexionadas, y desafiando a mi madre, con una gran sonrisa, me senté lentamente sobre la polla del hombre, dejando que se hundiera en mi culito hasta sus hermosos huevos hinchados de esperma.

Le eché los brazos al cuello, y mirando a los ojos de mi madre, empecé a moverme arriba y abajo, cabalgando sobre la polla de mi marido, gimiendo continuamente, suspirando fuerte y contoneándome como si estuviera poseída. Suspiré fuerte, tan fuerte, que mi madre estaba allí a mi lado, yo la miraba a ella, ella me miraba a mí, mi marido iba como el Toro que era, y me hacía morir de placer, con el pelo alborotado en la cara, volví a sonreír a mi madre, casi como diciendo: "¿Has visto el Toro con el que me casé? No dije nada y seguí disfrutando como una puta, bajo las caricias de la polla de Mauro. Eso habría bastado para que mi madre entendiera que aquel hombre era un auténtico semental, y que la última vez había sido sólo un pequeño accidente en la carretera.

Extrañamente, mamá no se hizo la remolona como de costumbre, sino que normalmente se dio la vuelta, o fingió ver la televisión, o peor aún, se levantó y se fue a otra habitación. Esta vez, por primera vez, nos miró fijamente de principio a fin, sin decir una palabra, en silencio pero con la mirada fija en nosotros, tras los gruesos cristales de sus gafas graduadas.

Me pareció muy extraño que mirara tan impasible, sin quejarse como solía hacer. Sea como fuere, estaba encantada de que me viera follar con mi marido, y no perdí la oportunidad de mostrar toda mi feminidad. Disfrutaba, jadeaba, me contoneaba salvajemente, sudaba, agitaba mi larga melena de un lado a otro, besaba a mi hombre... En ese momento era una hembra en todos los sentidos.

Fui mujer incluso en el momento más bonito, aquel en el que Mauro se corrió dentro de mí con un suspiro, y yo le ensucié a su vez corriéndome sobre su vientre. dejé de dar saltos, le miré fijamente a los ojos y me agarré a él, quedándome así unos minutos, sin hablar, los dos sudados pero muy contentos. mi madre, siempre a mi lado, habló por primera vez: "deberías ducharte.... Ahora", fueron sus primeras palabras. Intenté levantarme de su polla aún dura, mientras salía de mi culo, reducido a un agujero ancho como un pozo, goteando semen, el hombre se levantó y me dijo que me esperaba en el baño, sonriéndome, mientras le enviaba repetidos besos con la mano.

Me quedé allí, como siempre, dejando que mi madre limpiara el semen que goteaba de mi culo con el pañuelo habitual.

Ella habló primero: "Ya sabes -suspiró al fin, quitándose las gafas y mirándome directamente a los ojos-. "Si te hubiera tenido de mujer, me habrías dado los mismos problemas que me das ahora". Hizo una pausa y luego continuó: "Pero tú naciste así... Sin embargo, por primera vez me doy cuenta de cuánta feminidad hay en ti, de cuánta pasión tienes dentro. "Esta vez la interrumpí: "Sé que te estoy dando muchos problemas... eres mayor, y te gustaría tener menos preocupaciones por mi parte. pero te aseguro que no hay nada malo en lo que hago. para mí, expresar mi feminidad es normal, pero tú misma has visto que también puedo ser así, la más femenina de las hembras.

Sólo te pido que me aceptes tal y como soy, aunque sea una zorra, (he utilizado esa misma palabra)". Mi madre volvió a colocarse sus grandes gafas, me miró fijamente una vez más y esbozó una sonrisa suspirante, la primera sonrisa espontánea y no irónica que me había regalado. Era una sonrisa de autenticidad, de paz y serenidad, no las habituales sonrisas irónicas o burlonas que siempre me regalaba, ahora era diferente.

Podía verlo a pocos pasos de ella. Le eché los brazos al cuello y le di un beso en la mejilla, susurrándole que la amaba y que lo amaba a muerte. "Ve a ducharte también...", me dijo finalmente. Los últimos días que mamá se quedó con nosotros en Milán, los pasó tranquilamente, se había convertido en una mujer diferente, reía, bromeaba y hacía chistes como nunca la había visto hacer. quizás le había ayudado ser testigo de mi relación con Mauro. algo en ella había cambiado para bien.

Mamá tiene valores diferentes a los nuestros, viene de una generación diferente y es más modesta. A pesar de ello, la quiero mucho, sigue siendo mi madre, me parió, y por haberme aguantado hasta ese momento, le estaré eternamente agradecida.

11. Primera vez bisexual

Soy una persona ocupada y me gusta mucho someterme, pero a veces sueño con estar del lado de la sumisa, no una sumisión física real, sino más control u obligación de hacer algo fuera de lo normal.

Llevaba mucho tiempo pensando en ello, soñando con ello, queriendo hacerlo. Era heterosexual y quería, como pensamiento de sumisión, ser "utilizada" por un hombre. Había tenido un breve intercambio virtual de sumisión pero sin llegar a conocerse. Mi sueño recurrente era el siguiente: me acercaba a alguien, me arrodillaba y se la chupaba bien.

Nunca había tocado la polla de nadie, y mucho menos me la había llevado a la boca, y había jugado, siempre sola, con mi culo, que ya no era virgen, pero nadie me había penetrado.

Llevaba meses, si no años, poniendo anuncios para intentar concertar reuniones, pero entonces algo salió mal y la reunión no se produjo. En un par de ocasiones había subido al piso, pero cuando llegó la hora de empezar me levanté y me fui. A menudo me masturbaba con excitación antes de la reunión, luego me corría y la libido y el sueño desaparecían. Bastaron situaciones extrañas para que todo se detuviera, con un hombre entré en la casa, la cosa estaba empezando... entonces me propuso un café, todo se desvaneció, me disculpé y me fui. Luego por correo electrónico le expliqué que lo mío tenía que ser una sumisión, si me hubiera dicho que me pusiera de rodillas me habría quedado. No me interesaba la amistad ni nada más.

Un día leí un anuncio, joven ocupado busca hombre para emborracharse. No hay complicaciones, ni mil correos. Le escribo que me gustaría intentarlo, pero que no tengo experiencia añadiendo el habitual bla bla.

Me contesta que está bien, su idea es que vaya a él, nos sentemos en el sofá y nos masturbemos un poco y luego pase lo que pase.... Le digo, como siempre, que estoy interesada, pero que tendrá que ser un poco decisivo porque si no me quedo atascada. Que no busco relaciones, que soy hetero no me gustan los hombres así que nada de besos y/o similares pero para mí debe ser un juego de sumisión. Está de acuerdo, confirmamos la cita para el día siguiente a las 21:30, me dice que está con la chica, en cuanto se va me envía un mensaje de confirmación. Vive a unos 15 km de mi casa; por tanto, le confirmo y le digo que necesito unos 15 minutos para llegar.

Todavía es pronto y estoy nerviosa, veo algo de porno pero evito masturbarme, tengo miedo de correrme y que todo se vaya a la mierda. Son las 21:30 y no recibo ningún mensaje, pienso en un fallo, me estaba resignando cuando llega un mensaje. Todavía no se ha ido, debe llevar 1h de retraso, confirmo de todas formas y espero. Me pide que le traiga unos condones, tal vez quiera follar conmigo.

Pienso para mis adentros que el trato era sólo para chupársela, le dije que no tengo experiencia, pero da igual, luego en el acto le digo que no. El paso del tiempo no me ayuda, estoy nerviosa e indecisa, los pensamientos son siempre los mismos... ¿lo conozco, es grande, feo y apesta? Bueno, el pensamiento más recurrente es que quiero ser una puta sumisa, tengo que aceptar lo que pasa, ahora lo hago, quiero ponerme en juego y ser una sumisa... pero mientras tanto llueve y hace frío, ¿tendré ganas de salir?

Pasa más de una hora entonces me escribe; casa libre puedo ir y me da la dirección completa, me escribe que le envíe un mensaje justo debajo que le abriría la puerta, sube al piso superior entra puerta a la izquierda. Habrá las luces un poco suaves hay el sofá y una película porno. Estoy abajo, envío el mensaje, un poco asustado... ¿debo ir o continuar? La puerta está cerrada, no sé qué es el timbre, vuelvo a escribir y la puerta se abre. Subo las escaleras, cuarto piso a pie para no pensar en ello, estoy bailando, vamos a bailar. Llego ante la puerta, soy sincera, me tiemblan las piernas, sigo dudando pero me obligo a entrar.

El chico, bastante joven, es simpático, termino la limpieza normal (como el piso), me hace señas para que me siente, se baja los pantalones y se masturba. No es un tipo decisivo, no habla. Pero está callado, seguimos y sale una porno en la tele, no sé qué género es porque lo estoy viendo mientras se masturba. Me bajo los pantalones y me masturbo, está duro como una piedra, estoy muy excitado. Después de un momento me hace un gesto para que lo coja con la mano y lo masturbe. Su polla es pequeña, arrugada, la sacudo un poco. Entonces decido: es el momento de convertirme en una puta, él no dice nada, me hubiera gustado que me obligara a chupársela, me hubiera gustado algo de dominación... pero nada.

Ok pienso- me arreglo, es la hora, me levanto y me arrodillo entre sus piernas, lo cojo bien con la mano lo veo fuera es una sensación extraña, después de un momento abro la boca y empiezo una lenta mamada. Qué sensación tan extraña, lo chupo, lo sorbo, le lamo la cabeza espero que sea bueno.... Le lamo los cojones, le chupo todo, incluso intento meterlo hasta el fondo, pero aunque es pequeño, no puedo. No dice nada, pero parece que le gusta. Sigo un rato, tengo miedo de que venga, no sé qué hacer. Quiere que le lama el culo, pero no quiero y no lo hago. Chupo y lamo bien.

Después de un momento me para y me dice que quiere follarme el culo, le digo que vale, se pone el condón me da el lubricante y me invita a sentarme sobre él, entra lentamente pero duele. No me gusta la posición. Le digo que quiero cambiar de posición y ponerme a lo perrito, me doy la vuelta y le ofrezco mi culo. Me la mete y empuja bien y luego empieza a follarme pero después de menos de 2 minutos se corre. Me pregunta si yo también me he corrido o si quiero masturbarme y correrme, le digo que no, que estoy ahí para satisfacerle y ya está. Me levanto, me visto y me voy, me han utilizado y no pasa nada. La sensación es mixta, no sé qué pensar, pero me ha gustado. Llego al coche y veo que me ha escrito un mensaje. Le gustó mucho que fuera bueno, quiere volver a hacerlo. Le respondo que está bien, pero que quiero ser más sumisa y me gustaría intentar que se corra en mi cara o en mi garganta... quiero ser su perrita.

Responde que no está en su naturaleza, pero que es interesante y se puede hacer, veremos....

12. Videoconferencia con colegas

Es bien sabido que durante el largo periodo de cuarentena debido al coronavirus es muy aburrido permanecer en casa, y muchas personas se ven obligadas a trabajar desde casa mediante SMART WORKING o videoconferencia.

Este es el caso de Eliana, una chica de 27 años, de 1,65 m de altura, morena, con pelo largo y liso, 4º pecho y complexión media.

Soltera por elección, trabaja como asesora en una gran empresa financiera y, en estos días, se ve obligada, como otros compañeros, a preparar y tramitar los expedientes que se le asignan desde casa, utilizando el método SMART WORKING.

Una mañana de abril, Ely "llamado cariñosamente por colegas y amigos", se levanta como se dice: "literalmente, con los pitos por cabeza", y, después de ducharse y de haber tomado un abundante desayuno de capuchino, croissant, pan, mantequilla y mermelada, piensa bien en empezar su habitual videoconferencia sentado frente al PC, en bata, una bata verde, de debajo sólo un tanga negro y …. Tetas a la vista; moraleja: la sexy asesora financiera, está seriamente empeñada en excitar a sus colegas ofreciéndoles sus gracias corporales y su actuación como masturbadora obsesiva; viendo que, a Ely en la cuarentena, ¡nadie le va a pegar!

Ely: ¡Bien, bien! ¡Vamos a empezar esta videoconferencia!

"Anoche soñé que alguien me acunaba, perdón, me follaba, y así, de la nada, me desperté, mi coño estaba todo mojado y me entregué al placer solitario".

¡Buenos días, Ely! ¿Qué haces en bata esta mañana?

Ely: um, hace calor y no me apetecía ponerme un chándal y una camisa de vestir; además, ¡tengo que decirte algo!

Daniele "el otro colega": ¿Qué, vas a confiar en nosotros, guapa y solitaria?

Ely: ¡Bueno, anoche tuve un sueño sexual!

Giorgio; y, ¿qué has soñado que era tan emocionante como para venir a la videoconferencia en bata?

¡Ely: anoche soñé que alguien me acunaba, perdón, me follaba, de repente me desperté y mi coño estaba todo mojado! ¡Y me entregué al placer solitario! ¡¡¡Ohhh!!! Sí. Incluso ahora, chicos, ¡estoy empapado!

"¡abrió los muslos y mostró a sus colegas sus hazañas autoeróticas, metiendo los cinco dedos en su coño pasándolos por debajo del tanga!"

Ely: ¡Chicos, perdonadme, pero esta mañana estoy emocionada! ¡Ese sueño me ha afectado mucho! Sí. ¡Mira cómo me masturbo! ¡¡¡Ahhh!!! Mmm... Sí. ¡Lo estoy disfrutando, como una zorra!

¡Qué puta eres, Ely! Así es, ¡toca tus tetas! ¡Quítate esa maldita bata y enséñanos el culo! Nos estamos poniendo duros, ¿verdad, Daniele?

Daniele: ¡muy cierto! Ahora, te mostraremos cómo, nos masturbaremos, la pondremos cerca de la pantalla y tú, ¡nos harás una buena mamada virtual!

Ely: Sí, eso es, ¡buenos chicos! Ahora, me quito la bata, te enseño mi culo, me quito el peri y luego te doy, ¡un bonito chupón virtual!

Daniele: ¡qué buen culo tienes, Eliana! Mira, ¡cómo me masturbo, como un loco! Mmm... ¡Ohhh! Sí, al diablo con el papeleo; ¡aquí estamos disfrutando como locos, con esta zorra de colega! ¿Verdad Giorgio?

Mmm... Sí, ¡yo también me masturbo! ¡Ohhh! ¡Acércate a la pantalla y danos un buen chupón!

Ely: ¡sí! Ahora, ¡voy a acercarme y a chuparte la polla! ¡Sorbe! ¡Sorbe! ¡¡¡Mmmm!!! Sí, eso es, ¡dame la capilla! ¡¡¡Ahhh!!! ¡Qué pollas más grandes! En cuanto termine esta cuarentena, los chuparé en directo, ¡lo prometo!

Sí, ¡te vamos a joder por completo! ¡Puta!

Ely: ahora, tengo ganas de polla; casi, casi, cojo la botella de vodka, la escurro y, ¡me la meto por el coño y el culo! ¿Qué decís, cerditos?

¡Sí, sí, haz que nos corramos y te corras, zorra!

"Ely, como una gran zorra, se puso cachonda, cogió la botella de vodka y se la bebió toda, metiéndose el cuello primero en el coño y luego en el culo, gimiendo y disfrutando, como una mujer inmoderada, llevando a Giorgio y a Daniele a la cima de su excitación; ¡Daniele es bisexual pasivo y, en consecuencia, exigió que su colega se la metiera por el culo!"

Ely: ¡Mirad, chicos, voy a meterme este cuello de botella en el coño! ¡¡¡Ahhh!!! ¡¡¡SÍ!!! ¡Arriba y abajo, arriba y abajo, flik, flok, flik, flok! ¡¡¡Ahhhh!!! Estoy eructando, como una perra, ¡puta callejera! ¡¡¡AHHHHH!!! ¡¡¡UHHHH!!! ¡¡¡SÍ!!! ¡INCLUSO EL VODKA EN MI VIENTRE! AHORA, ¡MEO! ¡¡¡AHHH!!! ¡¡¡¡UUUUUU!!!!

Ahora, me lo voy a meter por el culo, ¡mirad esto, chicos!

"Se inclinó a noventa grados y se introdujo todo el cuello de la botella en el recto, sintiendo un poco de dolor inicial y, finalmente, ¡gritando de placer!"

¡¡¡¡¡¡Ely: ahhhh!!!!!! ¡¡¡Eso duele!!! Sí. A medida que va entrando, ¡lo voy disfrutando! ¡¡¡Ahhhh!!! Sí. ¡¡¡Ohhhh!!!

Mientras tanto, Daniele: ¡por favor, Giorgio, por favor, fóllame! Ya lo sabes, ¡soy bisexual! Te lo ruego, haz este sacrificio, ¡valorízame!

Giorgio expresó su duda inicial, parafraseando la frase de un político que todos conocéis: "pero, ¡estás loco! Soy Giorgio, soy padre, soy católico, apostólico romano, cristiano y finalmente heterosexual.

Daniele: ¡Te lo ruego, Giorgio! Te daré todo lo que quieras, te prometo que haré que te folles a mi mujer; pero, te lo ruego, ¡métela por el culo! ¡Por favor!

¡Ah, sí! ¡Así que ponte de espaldas, gilipollas, cornudo, y te lo meteré todo por el culo!

Daniele: ¡gracias, cariño! ¡Toma, mi culo, es todo tuyo!

Mientras tanto Ely: ¡Sí, sí, fóllalo, Giorgio, fóllalo bien! Che, ¡me estoy emocionando! ¡¡¡¡Ahhh!!!! Introdúcelo en lo más profundo de sus entrañas, rompe la membrana de la vena cagatoria, ¡ese "maricón"!

¡¡¡Daniele: ahh!!! ¡Sigue empujando, sigue empujando! Sí. ¡¡¡Yo, me estoy masturbando, como un cerdo y en cualquier momento, me voy a correr!!! ¡¡¡Ahhhh!!! ¡¡¡Sí!!! ¡¡¡Me voy a correr!!!

Te gusta que te la metan por el culo, ¡pervertido cachondo! Dime, ¿cómo es tu mujer, es una zorra?

Daniele: sí, sí, es una zorra, le gusta mirar mientras, ¡me folla el Toro!

¡¡¡ahhh!!! ¡Imbécil! Ahora, ¡yo también me voy a correr! ¡¡¡Ahhhh!!! ¡¡¡Ahhh!!! Sí.

Daniele: ¡córrete en mi culo, córrete en mi culo! ¡¡¡Ahhhh!!! ¡¡¡Sí!!! Y al final, ¡emitió un largo pedo liberador! ¡Ahhhh! Ahora, ¡me siento mejor! Exclamó.

Mientras tanto, Ely, desde el otro lado de la pantalla: "¡me estáis volviendo loco, como un cerdo asqueroso! ¡¡¡Ahhh!!! ¡¡¡Ahora, voy a chorrear, chorrear, chorrear, ahhhhhh uuuuhhhh!!! ¡¡¡Mmmm!!! Vamos!!! mira mi coño, está goteando! ¡Ahora, voy a tomar un buen bidé y haré la videollamada con mi teléfono móvil!

"Cerró la videoconferencia y se dirigió al baño para tomar un bidé, llamándoles de nuevo, con la aplicación de wat".

Ely: como te prometí, aquí estoy; mientras, ¡me lo aclaro! Ahora, me seco bien y me pongo, ¡bragas y protector de bragas!

¡Eres una sucia pervertida, Eliana!

Ely: bueno, tengo mis perversiones y deseos sexuales ocultos; que, en esta cuarentena se han acentuado, ¡debido al aburrimiento!

Daniele: Espero que, cuando esto termine, podamos reunirnos en vivo y organizar algo realmente caliente; ¡fuera del trabajo, por supuesto!

Ely: ¡claro, te lo prometí, tonto! ¡Y tú, Daniele, cumple tu promesa a Giorgio!

Daniele: Definitivamente, en cuanto podamos salir, ¡lo organizaré!

Ely: ¡bien! Ahora, debo despedirme, ¡voy a preparar el almuerzo!

¿Qué vas a cocinar hoy?

Ely: ¡pues hoy toca pasta con mantequilla, comida de cornudos y pollo asado!

Daniele: ¡que tengas un buen almuerzo! Vamos a comer esta noche, ¡vamos a comer y a cenar!

Ely: Estoy deseando volver a la oficina, os echo mucho de menos, ¡saluda al director!

¡Se hará!

13. Masaje solar

Estoy tumbada... sus manos recorren mi cuerpo en un agradable y sensual masaje, estoy desnuda al igual que la persona que me masajea.

Siento sus atributos varoniles repiqueteando contra mi mano, y aprovecho para meterle mano. Estoy con los ojos cerrados y cubierto por un paño caliente, mi polla pasa de estar dura a relajada en una sucesión de situaciones, el masaje continúa pero: recapitulemos la situación.

Uno de mis compañeros de juerga me habló de esta situación de masaje no tan casto y puro, fue convincente al proponérmelo mientras me hundía placenteramente en su acogedor culo.

¿Qué mejor momento para conseguir un sí?

Así que el masaje es, hagamos una cita para una calurosa tarde de verano, las primeras calurosas que invitan a la desnudez y a la libertad.

Los tejados de la ciudad son el telón de fondo de una situación idílica en un balcón lleno de flores y aromas.

Estamos en un balcón bañado por el sol de junio. Llego un poco tarde y los encuentro ya en acción, por el amor de Dios, nada chocante: un hombre desnudo y bien dotado, con una bonita melena gris, está masajeando a otro hombre desnudo, del que lo sé todo, tumbado en la camilla de masaje.

Así que no había nada chocante en desnudarse y esperar tu turno. Nada erótico, así que podría despedirme con un apretón de manos y poner mi polla en los labios de mi amiga, pero con suavidad para no perturbar el masaje.

Los labios se abren y juegan un poco con el glande, que tiende a endurecerse.

Dejo que juegue un rato con mis labios y mi lengua y luego me alejo con la polla semierecta hacia una magnífica tumbona estratégicamente colocada para tomar el sol. ¡Brillante!

Tomar el sol desnudo en medio de la ciudad es un placer delicioso.

Me tumbo, cierro los ojos y escucho el chapoteo del mar y el flujo del agua hábilmente entrelazado con una música artística relajante. Estamos en los tejados de la ciudad, pero un hábil juego de música ad hoc crea la atmósfera, integrando las telas blancas que se mueven con la brisa y garantizando la sombra necesaria y un mínimo de intimidad, aunque no sea necesario dado el dominio desde arriba.

¿Algo mejor?

Tomo el sol durante un rato mientras el masaje continúa entre charlas y, ella, erecciones provocadas expertamente por el demonio desnudo que da el masaje.

Me doy la vuelta, con las nalgas al sol y la agradable brisa, sigo observando el

masaje. Tomo el sol durante un rato y luego me levanto de nuevo, el sol es demasiado caliente, y vuelvo hacia

la zona de masaje. Mi polla vuelve a estar barbuda y se traslada a mi boca, que la acoge de nuevo más para jugar sutilmente que para buscar el placer sexual.

Me introduzco suavemente entre tus labios semicerrados, tus ojos están cerrados y tus labios son lo único que sientes. Sientes que mi polla se endurece sin prisa sólo por la suave caricia que me das. Nada que ver con una mamada furiosa, una suave caricia.

El masaje está llegando a su fin, eres dichoso y tu polla se endurece y ablanda alternativamente según el ritmo del masaje. Tus ojos están cerrados y son dichosos.

Baja erguido y excitado y al mismo tiempo relajado.

Me toca a mí.

Me tumbo, con el vientre por debajo, y siento que sus manos empiezan a tocarme, grasientas por el aceite de masaje y agradablemente resbaladizas.

Empieza por la parte inferior, los pies, las pantorrillas y los muslos, sube lentamente hasta las nalgas expuestas y masajea con suavidad y firmeza.

Las manos acarician y aprietan las nalgas, se introducen en la raja para tocar el capullo secreto, una suave caricia y nada más. Suficiente para dar sensaciones agradables incluso a mí estrictamente activo.

Mientras tanto, la polla del masajeador entra cada vez más en contacto con mis manos abandonadas a lo largo de mis caderas.

Sigues haciéndome cosquillas en el trasero (me gusta de todos modos) y luego vuelves a subir y continúas con este masaje relajante, en los hombros y el cuello, mmmm un delicioso interludio agradable en el desorden de la vida moderna.

Mientras tanto, la mano sigue palpando (o la están palpando) las joyas blandas del masajista.

Me das la vuelta, tengo la polla relajada, empiezas desde los pies hacia arriba y la polla empieza a mostrar signos de despertar.

Subes y llegas al vientre, un primer toque en los cojones y agarras la polla que ya no es barzotto ahora sino que se levanta en su dureza. Tengo los ojos cerrados y tapados siento el glande absorbido en un lugar cálido del que se ha apropiado una boca caliente. Los labios suaves fluyen y dan placer, un placer sutil y delicado. No hay búsqueda del orgasmo, son puras y simples caricias, ni siquiera son juegos previos, no hay búsqueda de placer salvaje.

Las manos van desde los testículos hasta el corazón, humedecidas con aceite, moviendo las energías vitales.

Cierro los ojos y gimo, anticipando y temiendo el final de esta sutil delicia.

El miembro se levanta todavía masajeado por manos resbaladizas.

Un beso se posa en mis labios y sé de quién es.

Todavía con las manos corriendo y buscando puntos que no sabía que tenía, ¡una delicia! Un verdadero masaje combinado con un toque sensual y excitante.

Muy bien.

Muy.

¡Y ahora todas las cosas, incluso las buenas, llegan a su fin!

El masaje ha terminado, es la hora del sexo.

Un deseo mutuo y animal retenido y atemperado por el hábil toque del masaje en este punto explota.

Todavía estamos grasientos, pero eso es bueno porque rápidamente mi polla sube y se hunde en un culo que quiere ser llenado, no más toques suaves y caricias blandas sino la inserción brutal en un culo que no espera otra cosa.

Siento que mi polla se abre paso suavemente en la exploración, me deslizo hacia delante y hacia atrás disminuyendo la velocidad para prolongar el placer de la penetración.

Te inclinaré y te follaré. ¿Y tú? ¿Qué haces? Te apoderas de la polla del masajista (aunque no es una mala polla) y le haces una mamada digna del mejor chupapollas.

Somos un trenecito, yo detrás empujando, frenando mi orgasmo para poder volver a disfrutar del calor de tu culo, tú hundiendo tu boca en la polla cada vez más turgente y acercándote al clímax.

Llegada.

Empujo un par de veces más y me corro, saco mi polla y me sumerjo en tu espalda y al mismo tiempo la masajista te lava la cara....

Estamos satisfechos, sólo necesitamos una ducha que tomamos al aire libre y que completamos con una agradable exfoliación.

Un delicioso día en los tejados de la ciudad en un ambiente amable, profesional y agradablemente erótico.

14. Ciro y sus amigos en la sauna

Al menos un par de veces a la semana en invierno, en cuanto son las 5 de la tarde, cierro la oficina y me dirijo a la sauna. Una buena ducha caliente, luego me meto en la bañera de hidromasaje y me relajo. Voy allí para pasar un par de horas de calma y serenidad. Si luego se da el caso de conocer a alguien con quien emboscarme en una cabaña semioscura y hacer una o dos cochinadas para relajarme más, está bien, pero no lo busco necesariamente.

El agua burbujea por debajo de la corriente de chorro. Estoy sentado y sólo mi cuello y mi cabeza están fuera, el resto de mi cuerpo está bajo el agua. Dos chorros de aire golpean mis caderas y me dan un buen masaje (giré las boquillas a propósito en esa posición). Otro chorro he girado las boquillas a propósito hacia mi ingle y me está masajeando la polla, los huevos y el vientre. Abro los ojos, los cierro, los vuelvo a abrir y pienso en mi polla o quizás en nada.

Las luces son bajas, la música es un poco demasiado discotequera, pero como sabes, la fauna gay cree que está en una discoteca las 24 horas del día. De vez en cuando alguien pasa por la piscina de camino a las duchas o al baño turco. Tienen un bonito baño turco en esta sauna, grande, con asientos en tres niveles en tres lados de la misma. El vapor es abundante pero no demasiado caliente, por lo que puedes permanecer allí más tiempo y quizás hacer alguna cosa a la sombra entre las nubes de vapor. Me gusta sentarme en el nivel dos, apoyado en la pared, con las piernas abiertas y sin toalla. Invariablemente aparece alguien.

No dejo que me chupen la polla, y mucho menos que me la chupen, pero me encanta hacerme una paja y chorrear semen por todas partes entre una nube de vapor y otra. Estoy pensando en ir al baño turco cuando veo a tres chicos muy jóvenes, de unos 22-23 años, que están sentados en sillas de plástico blancas cerca del hidromasaje en el que estoy sumergido. Son simpáticos, parecen agradables, me observan, hablan, se ríen y me miran. Es evidente que se refieren a mí. Sin duda, son cotillas, lo típico de los niños que son un poco maricas. Sólo estoy yo en el tanque. No me entusiasman estos pequeños discotequeros, pero si por casualidad me embolso uno, no me importa, lo hago con gusto.

La música sigue siendo tan fuerte como agrio es el olor a cloro del agua. Uno de los tres se levanta mientras los otros dos dan unos gritos. Se acerca a la bañera, se quita la toalla, la cuelga en la pared y se sumerge mirándome a los ojos. El niño lo intenta y, de acuerdo con sus amigos, busca mi atención. Tiene un cuerpo pequeño y bonito, bien construido, nada musculoso pero ciertamente agradable. Un pajarito que sigue durmiendo, normal para la persona.

El pequeño se sienta después de zambullirse a poca distancia de mí. Nos quedamos callados un rato y luego "accidentalmente" uno de sus pies toca el mío. Dejo que lo haga y el roce se convierte en un toque firme. Respondo alisando mi pierna sobre la suya. Se acerca cada vez más. Nuestras piernas empiezan a tocarse con fuerza y luego se cruzan. Se acerca aún más a mí.

Ahora su muslo derecho está pegado a mi izquierdo. No nos miramos, parece que estamos sumidos en nuestros pensamientos, pero bajo el agua hay una guerra. Su mano derecha, tras acariciar mi pierna, subió por mi vientre y luego bajó directamente a mi polla, que no pudo resistirse. El joven me ha puesto la polla dura, se escapa y la cubre con un bonito manual de arriba a abajo. En un momento dado me doy la vuelta, le miro a los ojos y le pregunto si le gustan las pollas. "Sí, mucho", responde. "Entonces subamos a un cuartito y te daré todo lo que quieras, tú vete y espérame en un cuartito vacío con la puerta abierta" le digo.

Se le iluminan los ojos, se levanta, sale, puedes ver que su pequeño pene está barbado. Coge su toalla, se dirige a sus amigos, les dice algo, ellos se ríen divertidos y él desaparece por la escalera que lleva al piso superior, donde hay habitaciones medio vacías. Espero unos minutos bajo el agua, sigo aserrando mi polla lentamente para mantenerla dura, para enseñársela a mis amigos cuando salga de la bañera. Observan y seguramente envidian a su amigo, que pronto estará metiendo la cuchara en algún agujero. Me enrollo la toalla alrededor de las caderas y paso por delante de las dos amigas, les guiño un ojo con una sonrisa, voy a mi taquilla y cojo los condones y los paquetes de gel y subo.

Empiezo a caminar por los pasillos y luego lo veo sentado en una pequeña habitación con la puerta abierta. Entro haciendo la señal de silencio, sin hablar con el dedo índice en los labios. Cierro tranquilamente la puerta. Me acerco al joven, hago que se levante y se enfrente a él. Es un par de centímetros más bajo, un poco pequeño comparado conmigo. Quiero tratarlo bien. Tomo su cabeza entre mis manos, acerco mis labios a los suyos y le doy un beso en la boca que se convierte en un bonito, largo y jugoso cabestrillo. Le arranco la toalla y luego bajo la mía.

Nuestras pollas se encuentran, empezamos a frotarlas y seguimos con la lengua en la boca. Decido ir más allá. "¿Te gusta la polla en la boca?", le pregunto. Asiente con la cabeza. "Entonces baja y chúpame la polla, chúpala, chúpala, chúpala, es toda tuya", le digo poniendo mi mano derecha sobre su cabeza. Tiene un bonito pelo, moreno, largo y liso. Es un buen chico, me la chupa y es bastante bueno, un poco voraz y rápido.

Tengo que educarlo. Vuelvo a poner su cabeza entre mis manos y le saco la polla de la boca. "Tienes que chupar despacio, no tengas prisa" le insisto "de todas formas tus amigos te están esperando, de hecho si quieren también tengo para ellos más tarde" Reanuda la succión, entonces le digo que me lama los huevos y la parte interior del muslo que me vuelve loco. Obedece. Después de largas mamadas, le digo que se tumbe en el sofá que hemos limpiado con desinfectante y el papel de fumar que hay. Me tumbo a su lado, le abrazo y le digo que me gusta abrazarle. Nos quedamos así durante unos diez minutos, se siente bien. "Me gustaría follarte, metértela por el culo", le digo. "¿Te gustaría eso?" Responde que sí, que quiere sentirla por dentro pero que también tiene miedo de sentirse mal. "Sólo necesito saber si has hecho esto antes o no", le digo, para saber qué técnica debo utilizar. Me dice que ya lo ha cogido por la espalda varias veces, pero me pide que me lo tome con calma.

"Vale, hagámoslo de lado, es una de las posiciones menos dolorosas" Le doy la vuelta de espaldas a mí y nos tumbamos los dos de lado. Abro dos paquetes de gel y lubrico bien su agujerito, luego deslizo un condón y lo lubrico también. Empiezo a lamerle la oreja derecha mientras le estimulo el culo. Mi dedo y luego dos dedos entran con bastante facilidad, lo que me demuestra que el pequeño está acostumbrado a recibir pollas.

Esto me excita aún más. Apunto la cabeza de mi dura polla a su esfínter y empiezo a empujar. Se mueve un poco, pero noto que está ansioso por la polla. "Vamos hombre, voy a empujar toda mi polla dentro de ti, pero tienes que hacer un profundo suspiro y al mismo tiempo empujar tu agujerito como cuando haces caca hacia mí. Sentirás menos dolor y la penetración será más fácil" Pequeños empujones de mi polla y en poco tiempo me estoy hundiendo hasta el fondo. Lo siente todo y le gusta, voy de un lado a otro lentamente y después de que se acostumbre empiezo a darle con fuerza y nos entregamos a una buena follada de culo masculina.

Ha llegado el momento de cambiar de posición. Me siento más engullida que nunca y él también.

"Lo siento tío, pero no te he preguntado tu nombre" soy yo... y le digo mi nombre. "Me llamo Ciro", responde. "Encantado de conocerte Ciro, eres muy guapo y apuesto a que eres de Campania, quizá de Nápoles o Caserta" Me dice que es de Nápoles y sus amigos también. Vinieron a la capital por unos días. A menudo lo hacen.

Saco mi polla del culo de Ciro, le beso en la boca con mucha lengua. "Ahora date la vuelta, arrodíllate en la cama y te follaré al estilo perrito, ¿quieres?" "Sí, claro que sí", responde. Vuelvo a meterle la polla en el culo al estilo perrito. Está arrodillado en la cama. Estoy detrás de él de rodillas. Me lo cojo bien. Está jadeando, respira con dificultad. Pongo mi mano bajo su vientre y puedo sentir su pequeña polla bien dura. Empiezo a ordeñarlo mientras le doy unos buenos golpes de polla. Entonces paso mis brazos por debajo de sus axilas y le agarro por los hombros. De esta forma está casi inmovilizado mientras sigo dándole duros golpes de polla en el culo.

Me estoy divirtiendo mucho y a Ciro también le gusta. Le pregunto si quiere venir y me dice que sí. "Ok Ciro voy a bombearte por dentro mientras te ordeño por debajo y hago que te corras". "¿Y tú?", me pregunta. "Hago que te corras y lo disfrutas. Luego mandas a tus amigos, me di cuenta de que hablabas de mí y me entraron ganas de follar con ellos también. Entonces tú y yo iremos al baño turco, nos daremos lengua en boca en los vapores, me chuparás la polla y como recompensa dejaré caer todo mi semen en mis pelotas para ti. Lo guardaré sólo para ti, será tu premio donde quieras".

Continúo pistoneando a Ciro mientras lo ordeño desde abajo, oigo como un gruñido que sale de su boca y siento como llena mi mano derecha de semen pegajoso. Ciro se corre y también disfruta como un erizo. Estoy satisfecho de haberle hecho feliz, pero lo mejor vendrá después con él.

Ciro salió de la habitación y bajó a ducharse. Yo también bajo y me meto en la ducha para quitarme el sudor de encima. Me seco y me dirijo a los dos amiguitos de Ciro. "Entonces, chicos, ¿quién viene conmigo primero?" Se miran con curiosidad y se ríen entre ellos. "Yo iré", dice uno de ellos. Le guiño un ojo y subimos al primer piso. Encontramos una habitación vacía. Lo limpiamos con desinfectante y papel. Cerramos la puerta y nos quitamos las toallas de baño. También es un tipo guapo y tiene una buena polla que ya se está poniendo dura. Se pone de rodillas y empieza a chupármela con voracidad. Chupa y masturba ahí abajo. Le dejo hacer lo que quiera y comprendo que tenga una mamada fácil.

Le pregunto si lo quiere en el culo y me dice que no. A éste sólo le gusta chupar y le hago hacerlo. "Ahora voy a follarte la boca". Le agarro la cabeza y la mantengo firme. Le meto la polla dura y huidiza por la garganta hasta que siento que le dan arcadas. Luego la saco y vuelvo a bajar hasta su garganta. Sigue y sigue mientras se masturba, se pone rígido y suelta mi polla.

Pone una mano en mi muslo izquierdo, lo aprieta y con la otra se masturba hasta que se corre salpicando semen por todas partes. Sólo después me doy cuenta de que es zurdo. Sin decir nada más, se despide de mí con la mano, se cubre con la tela de las caderas y baja las escaleras. Llego justo a tiempo para decirle que saque el tercero.

Joder... creo que voy a tener tres cerdos de golpe. Tres coños que no son malos después de todo. A ver qué hacemos con el tercero. Llega y dice "hola". Estoy desnudo y sentado en la cama. Me masajeo la polla, que se ha vuelto estéril. El número tres toma el relevo, se arrodilla frente a mí y me la chupa. Pero no dura mucho. Tira la toalla y, sin decirme nada, se sienta de espaldas, con la cabeza en la esquina de la cama. Y espera a que le rellenen el culo. Este parece el más experimentado de todos. Le doy dos azotes y luego dos más.

Abro una bolsita de gel y le lubrico el ano. Me pongo el salvavidas en la polla que he jugueteado un poco y que está bien recta y entonces sin freno pongo la cabeza en su agujero y con un golpe seco le apuñalo. Hace una mueca de dolor, pero se las arregla para aguantar todo con facilidad, lo que demuestra que está acostumbrado a que le follen. Con esto se convierte en algo automático, simplemente me lo cojo. Se masturba por debajo hasta que se corre salpicando en la alfombra de plástico. Se levanta, se cubre y con un ligero movimiento de culo saluda y se va.

El vapor está caliente. Me beso y me ligo con Ciro en el baño turco. Le prometo que todo el esperma de mis pelotas es suyo. Todo para él. Entonces lo siento con la cabeza a la altura de mi ingle y le meto la polla en la boca. Siento que los riachuelos de sudor recorren mi cuerpo. Me siento bien al sentir sus labios alrededor de mi polla. "Ahora te lo voy a dar todo, ¿dónde lo quieres?", contesta, queriendo que le dé en la cara. Hay tres tipos a nuestro lado, pero no nos importa. "Me voy a correr en tu cara mientras ellos miran, ¿vale?" Estoy muy cargado y excitado, le meto mi polla dura en la cara a Ciro que está esperando mi regalo.

Unos cuantos golpes de la mano derecha después de escupir en mi capilla y siento el placer y una cantidad industrial de esperma que sube desde el fondo de mis entrañas. "¡Aquí está para ti! Y le echo un chorro por toda la cara. Ciro lo espera y se lo lleva por toda la cara. Para mí fue una maniobra liberadora y satisfactoria. Me inclino, beso a Ciro en la cara y me doy cuenta de que pongo mis labios sobre mi propio semen que tiene en la cara. Lamo un poco y me dirijo a las duchas. Ciro se queda en los vapores y se me ocurre que tal vez se esté juntando con los otros tres o tal vez no.

Me ducho y vuelvo a meterme en el jacuzzi. Las tres sillas blancas de plástico que hay al lado están vacías.

15. Fisioterapia

Siempre he hecho deporte, gimnasio, piscina, ciclismo y fútbol sala, aunque soy un desastre con el balón, pero ya sabes, la compañía de los amigos y la pizza después de un partido son lo mejor.

En uno de estos partidos quise exagerar, pero me rompí el menisco de la rodilla izquierda.

Fue a principios de mayo, hace unos cuatro años, y no valía la pena. Por suerte, el ortopedista me dijo que podía seguir utilizando la bicicleta y así, también por motivos laborales, pospuse la operación hasta octubre.

La semana anterior a la operación fui al fisioterapeuta para planificar mi rehabilitación.

Mi mujer, que se sometió a la misma operación unos años antes, me lo recomendó.

Marco (nombre inventado) es un tipo de mi edad (45 años) con una barba bien cuidada, 175 de estatura, hombros anchos y un físico de oso pero bien colocado. Le explico la situación y concertamos una cita para vernos después de la operación.

El día acordado fui a verlo a la hora indicada, acompañado de mi mujer y con muletas.

Me hace sentar y empezamos la terapia, ultrasonidos, electroestimulación y otras cosas, incluido el masaje final.

Enseguida me felicitó por el tono muscular de mis piernas y, entre un masaje y otro, fueron pasando los días y se fue desarrollando una buena confianza.

No está casado, pero vive con una mujer que es mayor que él y tengo entendido que es muy rica.

Normalmente llevo calzoncillos y pongo el péndulo hacia abajo, pero ese día llevaba calzoncillos y por eso estaba tumbado en el lado izquierdo.

Empezamos la sesión y enseguida sacó el tema del sexo, contándome algunas anécdotas y provocando una cierta excitación que conseguí mantener a raya.

Estaba tumbada en el sofá, con la espalda ligeramente inclinada, Marco me quita los electrodos del electroestimulador y comienza el masaje continuando con la charla sobre sexo y noto que su mirada se detiene cada vez más en mi paquete, quizás esperando una reacción por su parte.

No puede ser, es sólo una fantasía mía, pero sus relatos eran cada vez más picantes y sus miradas cada vez más frecuentes mientras noto que el masaje de ese día es más lento de lo habitual.

En un momento dado, al masajearme la cara interna del muslo izquierdo, siento un ligero dolor, se detiene y pone una cara seria. De dónde viene el dolor, me pregunta.

Mira Marco, el dolor es leve, pero a menudo siento un agujero en este punto y afecta a toda la pierna, y le enseño una cicatriz muy antigua que tengo en la ingle izquierda, justo debajo de la banda elástica del calzoncillo.

Se le iluminan los ojos, se ve muy bien, me baja ligeramente el slip y empieza a tocar la herida.... hay adherencias, son las que provocan esos agujeros y el ligero dolor.... sigue tocando la herida pero con la palma de la mano también empieza a tocar la polla bajo el slip que ya estaba ahí con dificultad dadas las historias de antes, pero ahora estimulada de forma leve pero continua por la palma de la mano de Marco, ya no la contengo.

Mi miembro crece y Marco no deja de masajear, en un momento dado me encuentro con su mirada, me avergüenzo mientras él sonríe ligeramente y vuelve a bajar la mirada a la cicatriz.

Entonces no me equivoqué antes, la sensación de que estaba mirando mi polla era real.

Cierro los ojos y apoyo la cabeza en el respaldo de la cama mientras siento que Marco me baja el calzoncillo, mi polla está ahora libre y se eleva, siento que su mano la agarra suavemente y empieza a acariciarla lentamente, dejando que toda la piel baje hasta descubrir la cabeza y luego suba de nuevo.

Siento que Marco se mueve, mis manos están a lo largo de sus caderas en el borde de la cama, con mi mano izquierda noto claramente su polla sujeta por los calzoncillos y el pantalón de deporte, la palpo suavemente pero con firmeza, sigo sintiendo que Marco se mueve, abro los ojos y veo que se ha girado, ahora está de espaldas a mí y su culo está a la altura de mi hombro.

La señal me parece clara, empiezo a manosearlo y lo noto firme, con una mano veo que tantea por delante y se le aflojan los pantalones, se los bajo y descubro su culito.

Lleva un suspensorio y su culito es ligeramente peludo para engrosar hacia el agujerito, lo masajeo con más avidez mientras se inclina hacia delante y empieza a lamerme la polla, pasando la lengua por el surco por el que debe haber salido mi líquido en abundancia.

Humedezco mis dedos y empiezo a buscar en su agujerito, él abre las piernas y se arquea ligeramente para facilitar mi inspección, siento el calor de su aliento en mi polla y cuando sus labios la aprietan no empiezo a gemir de placer.

Siento escalofríos por toda la espalda, empiezo a masajear su agujerito mientras su boca empieza a acoger todo mi miembro, él también empieza a emitir gemidos de placer, introduzco lentamente mi dedo, su agujerito está caliente y acoge mi dedo.

Comienzo a moverlo lentamente y poco a poco sus labios estiran mi miembro desde la base hasta la capilla, el calor de su boca y su lengua que sigue moviéndose lentamente alrededor de mi glande me hacen desmayar.

Introduzco el segundo consolador que entra suavemente y siento que Marco arquea la espalda y emite un leve gemido de placer acompañado de un siiiiiii casi suspiro.

Seguimos así un rato porque estoy a punto de explotar, él se da cuenta y se aleja.

Se vuelve hacia mí y acerca sus labios a los míos. Le pongo la mano en la nuca y lo atraigo hacia mí y nos besamos. Siento mi sabor en su boca y mi lengua empieza a entrelazarse con la suya.

El beso está lleno de deseo y lujuria. Le toco el paquete y le quito el suspensorio que libera una polla no muy larga pero grande, la acaricio mientras nos besamos y luego lo atraigo hacia mí y mientras sigo tumbado en la cama, lo acerco a mi boca, lo huelo, el olor es masculino pero limpio, lo lamo ligeramente, está mojado, lo cojo en mi boca y empiezo a bombearlo, el sabor es muy bueno y lo meto todo hasta que llega a mi garganta, le gusta pero me detiene al cabo de un rato porque él también está a punto de explotar.

Se desnuda mientras yo me levanto del sofá y me quito lo poco que tenía.

Lo miro y es un pequeño oso, con un bonito pelo en el pecho, un poco de barriga pero sus hombros son anchos, se ve que hizo deporte en su juventud, se da la vuelta y se apoya en la cama y abre las piernas, su agujerito está ahí suplicándome, me agacho y empiezo a lamerlo, y él gime de placer, paso mi lengua por su agujerito y luego la meto, está disfrutando y me lo dice.

Entonces me levanto y empiezo a frotar mi polla en su agujero, él está disfrutando, gira la cabeza y dice... fóllame como un man.... y coge un poco de gel en el carrito que tenemos al lado, lo extiende en su agujerito y pone un poco en mi eje y luego se echa para atrás.

Acerco la cabeza a su agujero y empujo lentamente, entra bien, pero me detengo varias veces para adaptar el agujero al tamaño, cuando mi pubis llega a tocar su culo me detengo unos segundos, luego empiezo un ritmo muy lento hasta que siento que empieza a moverse, y señal de que el agujero ya está listo, a partir de ahora sólo disfrute.

Mientras le follaba me describía todo su disfrute, instándome a follarle, me inclino sobre su espalda y le muerdo los hombros, él estira la mano y me aprieta las nalgas.

No aguanto más y se lo digo, me pide que no me salga, con una mano empieza a acariciar su polla mientras con la otra me aprieta el culo y me atrae hacia él.

Me corro, como nunca me había corrido con un hombre, y vierto una gran cantidad de líquido caliente en sus entrañas, al mismo tiempo que él se corre también y siento cómo su agujero se aprieta en mi palo mientras se corre y mi disfrute aumenta.

Me quedo dentro de él y me dejo llevar por su espalda y le beso en los hombros. Me bajo y él se da la vuelta, nos besamos mucho y muy intensamente. Nos vamos a duchar a los vestuarios y seguimos besándonos y tocándonos..... las sesiones continuaron una semana más....pero todavía hoy años después al menos una vez al mes necesito una sesión de fisioterapia....

Agradecimientos

Aquí llegamos al final de esta colección.

Gracias una vez más por comprar mi libro; ¡espero sinceramente que estés satisfecho!

Si te han gustado las historias, te invito a dejar una reseña y a seguirme en mis canales sociales (¡hay cuatro historias gratis esperándote!)

allmylinks.com/erosandlovegay

Milton Keynes UK
Ingram Content Group UK Ltd.
UKHW040655191023
430917UK00001B/116